なんで家族を続けるの？

内田也哉子　中野信子

文春新書

1303

プロローグ　家族のカタチ

誰が立てかけたのだろう。女あるじを失った革張りの椅子に、夫が愛用していたステッキ。ちょっと寄りかからせてくれよ――。

生前の妻は夫を支え通した。結婚後の四十五年間（ほぼ別居）、夫からはびた一文もらわずに夫の保険料や税金を払い続け、住まいも与えてきた。たびたび替わる夫の恋人に対しては、面倒を見てくれてありがとうと感謝こそすれ、文句の類《たぐい》は吐かない。そんな妻の財産の半分は持っていく資格があるという夫に、自分は全然もらったことがないと妻が返せば、それは俺だってあればやるよ！　ねえんだ！

別居して数年後、夫が勝手に離婚届を提出したときは、妻は無効の訴訟を起こし、自分の弁護士に「あんなにイヤがっているんだから、別れてあげなさいよ」と言われても首を縦に振らずに勝訴してみせた。

夫の逮捕歴は三回に上る。一回目は大麻取締法違反。マリファナは十年前からやっているが決して攻撃的にならない、アルコールよりも健康的だと言ってのけた。二回目は銃刀法違反。自ら話をつけたローリングストーンズのコンサートの開催を邪魔する音楽事務所に抗議せんと、刃物を持って乗り込んだ。そして三回目は強要未遂と住居侵入だ。別れ話のもつれから女性宅に脅迫文を投函、カギを勝手に付け替えて入り込んだ。このときは留置場でつけられた番号が69（ロック）だったことを喜ぶ始末だ。

度重なる逮捕にも妻はさらりと言った。籍を入れた責任上、今後どうするかはそのつど考えながら引き受けていくしかない。夫のなかには今も純粋なもののひとかけらが見えるから。

よほど好きだったんだな、と感動するのは簡単だ。二人の死後見つかった一枚の古いファックスは、妻が夫の七十三歳の誕生日の朝に送ったものだし。離れて暮らす夫にせめて誕生日を祝うメッセージを送っていたとは、なんていじらしい。

でもちょっと待てよ。これは夫の遺品のなかから見つかったものだ。あの内田裕也が樹木希林からの六年前のファックスを大切に保管していたのだ。

この夫婦の始まりは一九七三年の夏。出会った翌日には裕也から「オレのヨメさんになってくれないかナ」とプロポーズした。五十日後には入籍するも、同居したのは

好きなものだけに囲まれて暮らした妻が大切にした椅子には、座面の後方にUCHIDAと刻印されていた。ステッキは晩年の夫のトレードマークだった。

一～二カ月。妊娠していた希林が裕也を追い出したのだ。
それでいて娘のお宮参りなど、希林はことあるごとに写真館で家族写真を撮った。ときにスーツ、ときにミリタリールックの裕也は濡れた子犬のような目で神妙に写っている。娘の結婚式、自身の還暦祝い、妻の紫綬褒章……孫のお食い初めに至っては、稀代のロックンローラーがどう見ても好々爺の顔だ。

希林さん、夫不在のロックンロールウィドウに見えながら、あなた自身がロックンローラーだったんですね。実に型破りに夫を操縦して、あなたが描いた家族のカタチをきちんと創り上げてしまいました。

希林が境内のサクラを気に入って内田家の墓を建てた寺がキンモクセイの香りに包まれる季節、彼女は静かに旅立った。次にサクラが咲くのを待たずに裕也が逝った。夫は妻のそれより少し大きな壺に入って、妻の隣にいる。

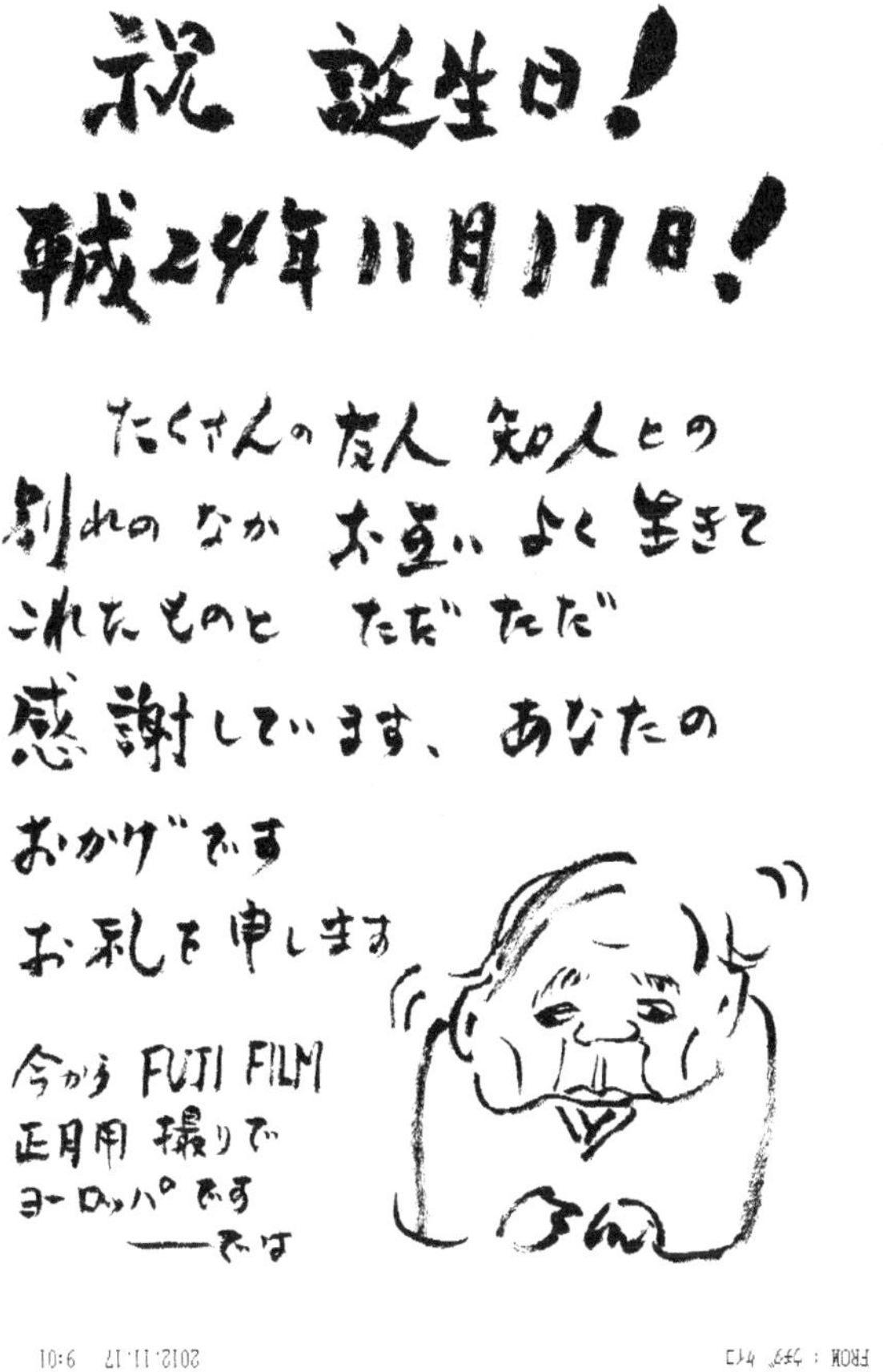

滅多に会わない夫に、妻は折々にファックスを送っていた。
生きてこれたのはあなたのおかげ、と送った翌年、妻は全身がんであることを公表した。

はじめに　晒《さら》された家族

内田也哉子

「お父さんの職業は？」と、幼いころに誰かに尋ねられると、

「お父さんは、会社員。お母さんは、ふつうのお母さん。いつもお家にいる」と、私は答えていた。こんな真っ赤な嘘を淡々とついていた小学生の私の心理は、一体どういう状態だったのだろう……。

「お父さんはロックンローラーで、お母さんは女優」だなんて、口が裂けても言えず、なにより、子どものなかのダイヤモンドみたいに堅い意志が、その事実を断固として認めたくなかったのだ。とにかく、当時の私の願いは、ただひとつ。目立つことなく、落ち着いた両親のいる穏やかな家族の子であることだった。

　ところが、そんなささやかな願いは成就することもなく、父親が社会の掟を破る度《たび》に、私たち家族のあり方は世に晒され続けた。気がつけば、メディアを通して互いにコミュニケーションを取る始末の家族となり、我が家には秘め事も建前もなく、すべてが公になっていた。挙げ句の果てには、晩年の両親には「逆仮面夫婦」などと言い

得て妙な呼び名まで付けられ、若かりし頃は流血を伴う喧嘩が日常茶飯で、最後まで「良い夫婦」の模範とは程遠い実情だった彼らの、何が真実で、何が虚構なのかさえも、もはや区別がつかなくなっていた。

やがて、二〇一八年九月に母が他界し、その半年後に父が逝き、自分にとって大ごとだったはずの人生の苦悩があっさり行き場を失い、四十年以上かけてじっくり育ってしまった「ファザー&マザー・コンプレックス」は到底消化できず、ポツンと取り残された。それ以降はとりわけ、私が人前に駆り出される時は、我がいびつな家族のエグザンプルの提示を求められる機会が増えていった。そういったことの節度というものが、一体どこらへんならば、目の当たりにする人々の食傷を抑えられるのか……躊躇《ちゅうちょ》してみたり、開き直ってみたり、答えのない葛藤をいまだに繰り返している。

けれども、そもそも両親が健在の頃から、私たちは「晒された家族」だった。

それなら、私たちをひとつの「標本」、「世界の数十億家族分の一」として、例えば、脳科学という道を通し、客観的に分析して頂くことで、何か思いがけない気付きを得たり、長らく抱えてきたもどかしさを消化できるかもしれない。そんな自分なりのエクスキューズを握りしめ、二〇二〇年一月、「週刊文春ＷＯＭＡＮ ｍｅｅｔｓ 樹木希林展」と題して、五百名のオーディエンスを前に、脳科学者の中野信子さんと対談させて頂く好機を得ることになった。

初対面の中野さんとは事前の打ち合わせはせず、舞台に上がる十五分前に楽屋で「はじめまして」のご挨拶をさせて頂いたが、「彼女となら、どんなことでもお話ができるはず」という、不思議なほどの確信を覚えた。それぞれに創刊時より同じ雑誌内で連載を持っているという親近感もさることながら、兼ねてから、中野さんの言葉や佇《たたず》まいの中に、そのインテリジェンスと同じく懐の深さを感じていた。九十分の公開対談はあっという間に終わり、互いにまだ話し足りないというもどかしさを感じ取ってくれた週刊文春ＷＯＭＡＮ編集部が「その話の続きは誌面でしましょう」と提案してくれた。

通常、雑誌の対談では編集者やライターの方々が同席し、傍で話を聞くスタイルが多いけれど、今回はすべての回において、中野さんと私の二人きりの対談をお願いした。その甲斐あってか、いつも心の赴くままに、たとえ話が脱線しようと気兼ねなく、延々と互いに心のうちを明かし続けられたように思う（多忙な中野さんを何時間も独占できるなんて、すごい役得だなと悦に入りながら）。

更に仕合せだったことに、中野さんご自身の家族観も、惜しみなくシェアして下さり、結果的にそれぞれの育った、また現在も育てている家族というものが立ち現れてきたのだ。

たかが家族、されど家族。

誰にとっても尊くも、如何《いかん》ともし難い、人と人のつながりの細部を覗くことは、ひいては世の中の縮図を見渡すことにも通ずるのかもしれない。

「家族」というテーマが根っこにあるのは確かだが、見事なまでに話は枝分かれしていき、気づけばそれなりの大樹に育ったように思う。

そして、きっとこの樹は永遠に正解の姿は見つからぬまま成長し続け、時にまた「葛《かずら》」や「藤《ふじ》」が絡まり、先の世代は、その蔦《つた》を剪定《せんてい》しながら、自分なりの人と人のつながりを模索するのではないだろうか。そんなことを夢想しながら、もしも、この本を手にとって下さった方の息抜きや深呼吸に少しでもお役に立てるのなら、私たちの白昼の密会も本望である。

内田也哉子のお宮参りの日に。希林は妊娠中に裕也を追い出し、二人はすでに別居中だった。

目次

贈られた物に「要らない」と書いて送り返す母
樹木希林の教育は脳科学的に意味がある
父と真逆のタイプの人と結婚できた理由
みんなが存在すると思っているから存在する
「におい」と「声」で快感物質が分泌される
血のつながりは大事なのか
知性は母から、情動は父から受け継ぐ
内田裕也は母親に脳病院に連れて行かれた
本木雅弘と内田裕也は何が違うのか
ブレないし風邪もひかない夫
夫とは意見が一致しなくて当たり前
初恋みたいな人と結婚した
谷川俊太郎の詩集から

第1章

What is Family!?

対談のはじまりは二〇二〇年一月十四日、二人が連載する『週刊文春WOMAN』の創刊一周年トークイベント。内田也哉子の母、樹木希林の言葉、写真、遺品を集めた「樹木希林 遊びをせんとや生まれけむ展・特別編」（そごう美術館）とコラボレーションするかたちで行われた対談には五百十三名が参加。二人はこの日が初対面だった。

樹木希林の椅子で話そう

内田　はじめまして。中野さんと私は『週刊文春ＷＯＭＡＮ』で連載している同士。そのご縁で、今日の対談となりました。

私の連載エッセイはどなたかとの対談を基にして書くことが多いんですが、編集者の同席は断って、いつもひとりでお会いするんですね。なぜかというと、編集者が一緒だと、どうしてもこれからお会いする人の情報が事前に入ってきてしまう。でも、私は最初にパッと会ったときの素のエネルギーのようなものが大好きなんです。なので今日も、トークショーですが一切打ち合わせせず、とてもオーガニックな形でお会いできるというので、楽しみにして来ました。

中野　内田也哉子さんには以前からずっと興味がありました。すさまじい文を書かれる方で、同年代……そしてまず、お名前の存在感が。この字を名前の最初に持ってくるセンス。もっとも也哉子さんご自身というよりは名付けた方のセンスですけど（笑）。

内田　也哉子の「也」ですね。これは母が父を大変敬《うやま》っておりまして、内田裕也の

「也」という字が最初にくるということにこだわったんです。字面《じづら》でいったら、重たい字の「哉」がドーンと先にきて、次に裕也の「也」がくるほうがしっくりきますよね。よく「哉也子」と間違えられることがあります。

中野　そうなんですね。そういった心をお名前にというところも素敵だなと思ったし、すごく哲学的なことも感じさせるんですよね。「也」は「〜なり」、つまり「〜だ」と断定する止めの意ですよね。そして「哉」は「〜かな」という詠嘆ですが、もともとは「始める」の意がありました。本来、止めを表す「也」を最初にして、始まりを表す「哉」を続ける。これはもしかして輪廻《りんね》みたいなことを意味してらっしゃるのかなとか、終わりが始まりということなのかなとか思っていたんですよ。

内田　たぶんそこまでは計算していない（笑）。

中野　そうですか（笑）。ヤヤコという響きもいいですよね。「ややこ」は赤ちゃんという意味ですよね。希林さんはそういう素のままの語感をすごく大事にされる方だったのかなとか、いろんなことを思いました。

内田　母の芸名である樹木希林も変わった名前ですけど、母は重なる音が好きだったみたいです。

中野　ああ、そうなんですね。すごく音楽的な感じがしますよね。音楽をずっと生業《なりわい》とした内田裕也さんを好きになったのもわかるような気がして。

内田　母はロックとかまったく興味がなかったようなんですけど、出会ってしまったということだったのではないかと。

中野　お互い惹かれ合ってしまったんですね。

　今日私たちが座っている椅子とテーブルはもともと、どなたかの家具なんですよね。

内田　母が持っているものはほとんど、他人様《ひとさま》が要らなくなったものなんです。この椅子は役者の平幹二朗《ひらみきじろう》さんがご自宅で長年使っていらしたもので、「もう要らないから持っていく？」という流れだったそうなんです。ゴミ捨て場からも家具なんかをズルズル持ってきちゃうんですよ。で、ペンキを塗り直したりして。

中野　映画祭でもらったトロフィーをランプにリメイクしたものが、樹木希林展で愛用の品として展示されていました。すごくかっこいいですよね。

内田　既成概念がそもそもないというか。トロフィーをいただいたら、普通は飾るんだけれど。

アホウドリのカップルの三分の一はレズビアン

内田　今日は「家族」がテーマなんですけど、家族の始まりというのは、一応子どもをつくるという意味では男と女。それが夫婦となって、夫と妻。そして子どもができたらお父さん、お母さん。まず中野さんにお聞きしたかったのは、家族における父親と母親の、脳科学的な本来の役割というのはあるんですか？

中野　ないでしょうね。

内田　あっさり！（笑）じゃあ、どんなカタチの父親、母親であっても間違いではないというか。

中野　そうなんです。社会が大きく変わっても柔軟に適応して、どんな環境になっても子は育つようです。ただ、私たちは社会通念というものをそれなりの年月をかけて学んできてしまうので、マジョリティとされている考え方を「これが正しいんじゃないかな」と蓋然《がいぜん》性を持って学習してしまうと、それに照らし合わせて、どれだけ外れているか・外れていないかで、「自分は間違っている気がする」という感覚を持ってしまうことはあるんです。でも、どんなカタチの父親、母親であっても、特に生物学的に誤りということはないんです。

子をつくるのには染色体ＸＸとＸＹが必要ですよね。それは確かにそうかもしれないけれども、じゃあ同性愛カップルとかどうなるのよ、という話とかいろいろありますよね。人間だけが同性愛をするかというと、そんなこともなくて、例えばアホウドリのカップルって、三分の一はレズビアンなんです。

内田　どうやって子孫を残しているんですか？

中野　と思うでしょ。そのときだけオスと浮気するんですって。そしてそれぞれの奥さんの元に帰って――まあ、どっちも奥さんなんだけど――、子育てはメス二羽でするんですって。

内田　それって一夫多妻制に近い？　人間の言葉で定義づけると。

中野　近いんですかね……一夫多妻なのか……ん？　一妻……。

内田　一妻多夫？

中野　そうかな？　それもパンセクシャルな。オス×メスのカップルもいて、三分の一はメス×メスのカップルで、うまくいけばそれでいいわけですよね。別に人間でもそういうカップルが居てもいいのでは？　子どもをつくるときだけオスとちょっと浮気して（笑）。

内田　いきなりすごい話になった（笑）。

樹木希林の結婚生活は生物学的にはノーマル？

中野　人間なら現在は精子バンクもあるから、オスと浮気しないで精子バンクを利用してもいいんですけど、いずれにしろ子育てはメスのコミュニティでするというあり方も、なかなか楽しいかもねと私は思ったりするんですよね。

内田　ははあ、人間にとどまらず生物界まで広げて考えてみると、うちの家族のカタチというのは大して変なわけではないんですね。人間界だと、やたらと「変わった形態のお父さん、お母さん」というふうに言われるんだけれど。

中野　意外とノーマルかもしれません（笑）。確かに多様性という表現が似合うご家族ではあるんですけど、生物界から見ると、そういうのもありっていう感じですよね。

内田　でも、やっぱり子どもの立場からすると、どうしてうちは家にお父さんがいないんだろうという思いはありました。それは人間界の常識が植え付けられているからかもしれないんだけれど。

母は年に一回、六月の「父の日」に私を父に会いに行かせたりして、ずっと家にいない父を象徴化して大切にしていたんです。でもそれは、生物界からしたらまったくOKというか、まったくノーマルなほうということですね。

中野　まったくOKですよね。

内田　とらえ方の問題なんですね。

中野信子が結婚しなかった人

中野　私の家は私が高校生のときに両親が離婚しているんです。私たちの世代は、離婚について、まあ、そういうこともあるよねというふうにとらえるようになり始めた最初の世代だと思うんですけど、私たちより上の世代の方は、ご両親が離婚していると私立のいい学校に合格できないなどという話がありませんでしたか？　離婚をずっとしないということのほうが重要視されたというか、離婚したご家庭は偏見をもって見られるというようなことがあったと思うんです。

内田　ご両親の離婚については伏せていたんですか？

中野　伏せてはいないんですけど、二十八歳ぐらいのときに結婚しようと思った人がいたんです。

内田　今のご主人ではない人？

中野　ではない人です。私は、あることを言われて、その人との結婚はあり得ないと思ってお別れしたんですけど。なんて言われたかというと、「君は壊れた家の子だからね」って言われたんです。

内田　ええっ。

中野　結婚できると思います？　さすがにこれは選択を誤ったか、と思ってしまったんですよね。その人は某K高校という名門男子校を出て、某T大学という国内でも有数の有名大学を出ている、いわゆるエリートの男性でしたね……。

内田　話が飛んじゃいますけど、今のご主人はどういう方なんですか？

中野　都内の美術大学を出ていまして、そういうことはぜんぜん言わない人です。離婚した家は壊れた家だなんていう発想は、頭の端にも上らないと思います。

科学より情、科学よりフィーリング

内田　私が素朴に疑問なのは、中野さんみたいに脳科学を学んで研究されていると、誰に会っても「あ、この人の脳はこのタイプね」と片付けられちゃうんじゃないかって、失礼ながら勝手に思っちゃうんですけど、そういうことはないんですか？　それとも科学は科学、人は人として、何か別の、情であったりフィーリングであったりということで出会えるんですか？

中野　そうですねえ……。

内田　分析しちゃいません？

中野　分析はしちゃいます。

内田　なんか私も分析されてるような気もする（笑）。

中野　実は也哉子さんは今、科学そのものの根幹にかかわる重要な指摘をしてくださいました。というのも、「科学」と人の「情」「フィーリング」の関係について問われたんです。

例えば、手が小刻みに震えているとか、汗をいっぱいかいているとか、そういう状況から、あ、この人は私に会って緊張しているんだなというのが簡単にわかりますよね。そういうことは今までの研究によってわかるわけですが、それは統計的事実。科学というのは、統計的な有意差でもって明らかにしていくものなので、それ以外の個性のようなものは、実はまだ科学では扱えていないことがあるんです。つまり、まだ、科学のほうが経験知より遅れているところもある。

　私は科学ではわかっていないことも含めて、その人の本当の生《なま》の感じというのを大事にしたいと思っていて、統計的なことを参考にはするけれども、やっぱり会って感じたことがいちばんだなと思うようにしています。

内田　なるほどね。じゃあ、今の脳科学の世界は、毎日進歩しているかもしれないけれども、実は何割程度かしかわかってないんですか？

中野　ただ、一〇〇%というのがどこかもわからないので。

内田　ああ、インフィニティみたいなものですよね。

中野　そうそう。地図の全体がわからないから、私たちはどの辺を今歩いているのか、歩いたのは全体の何割かということがわからないんです。

内田　例えば十年前の脳科学の地点から比べると、どのぐらい進歩したとかならわかるんですか？

中野　十年前か……うーん……。

「脳科学」はまだ生まれて二十年

内田　どういうスパンがひと括りなのでしょう。

中野　科学の歩みというのは淡々と進んできたわけではなくて、ある時一気にガッと進んで、ちょっと停滞して、また進む、という感じなんです。

内田　わりと新しめの学問なんですか？

中野　そうなんです。二十年ぐらいですね。昔、「脳科学」っていう言葉は聞かなかったですよね。

内田　聞いたことなかったです。

中野　昔はなんていったか、覚えていますか？「大脳生理学」とか「神経科学」とかいっていたんです。

内田　そういう名前だったんだ。

中野　なぜ「脳科学」といえなかったかというと、脳の見たい機能を、見たい解像度とタイムコースで見ることができる計測機器がなかったんですよ。脳全体としての反応を測ることはできる、脳の形を見ることはできる、それから、遅い反応の脳地図をつくることはできるけれども、数分とか数秒単位で脳のどこが何をしているのかを測る機械がなかった。それで研究がある意味、閉塞していた時期があったんです。一九九〇年代後半になって、ようやくファンクショナルＭＲＩという、ＭＲＩにちょっとオプションを付けたようなものが登場して、やっと数分、数秒単位で脳の機能を画像化することができるようになった。

内田　分析できるようになった。

中野　まあ、そうです。その辺りからだんだん「脳科学」という言葉が現れ始めて、今に至るんですね。

内田　私、脳科学というとすぐ養老孟司先生のことを思い出します。母が昔、先生と一緒にＮＨＫの『驚異の小宇宙　人体Ⅱ　脳と心』という番組に出演していたので

（註・一九九三～九四年に放送されたＮＨＫスペシャルの大型企画。「心の謎を脳で解く」という視点で、

人体最大の秘境である脳と心に迫った)。

中野　懐かしい。好きだった、あの番組。

内田　その頃、私は高校生だったかな。よく学校が終わると楽屋に行って、養老先生と二人で話していたんですけど。

中野　養老先生は、本当は脳がご専門というわけではないんですよね。

内田　そうだそうだ、解剖学の先生でした。脳はまったく関係なかったんでしたっけ。

中野　実はあんまり関係ない。でも、養老先生はすごく説明もうまいし面白いから。養老先生のこんなエピソードがあります。解剖学の先生なので、試験では人体のどこかの断面を撮像した画像とか出してくるんですよね。ある時、大腿部、つまり太ももの断層画像を「これはどこか」と聞く試験問題を出したんだそうです。すると、ぜんぜん授業に出ていなかった学生が、「脳ですか?」って答えたんですって。

内田　シワがないはず〜。残念な脳だと思ったんですね(笑)。

中野　そう、残念な脳(笑)。それで、養老先生が「君は授業に来てなかったようだけど、その間、何をしていたのかね」とお聞きになったら、学生は「塾でバイトしていました」と正直に答えたんですって。すると養老先生は「何か一生懸命やっていることがあったんだったらいいよ」と言って単位をあげた。なんという素敵な先生かと感動しましたね。

内田　本当に人間味溢《あふ》れる先生で、母ともすごくウマが合ったようで、番組が終わってもずっと折に触れ、交流があったんです。

中野　そういう人間味を大事にされるというところで波長が合う、通じ合うものがあったんですね。女優と学者では、領域はぜんぜん違うけれども、人間観察をするというところでは通じるところがあったのではないですかね。

内田　母は大好きですね、そういうユニークな方をつかまえて、じーっと観察するのが（笑）。

本を書かなかった母の本を出した理由

中野　私、希林さんのご本を……（本を取り出す）。

内田　何か読んでくださったんですか？

中野　『一切なりゆき～樹木希林のことば～』（文春新書）。この本を読ませていただきました。これは書き下ろしではないんですね。

内田　そうなんです。母は生前よく笑い話で、「ほぼすべての出版社から執筆の依頼が来たけど、全部お断りした」と言っていたんです。

中野　もったいない！　読んでみたかったです。

内田　なぜお断りしたかというと、今こうして母が言っていた言葉を並べるともっともらしい人みたいに見えちゃうかもしれないけれど、本人は、自分は大した者でもないし、大したことも言えない。ましてやもったいない精神の塊だったので、自分の本を書くなんて資源の無駄、紙の無駄と言って。

　私が文章を書き始めたときも、「何を考えているんだ」って怒られた記憶があります。「そんな、あんたの書いている言葉なんて誰も面白がって読んでくれないんだし、資源がもったいない」とたしなめられた。

中野　おお〜。

内田　この本は、葬儀が終わってまだバタバタしているときに文藝春秋の編集者からご連絡があって、母が生前どこかで語ったとか、どこかで書いた言葉とかをまとめて本にしたいと。私は母が本を出すのは嫌がっていたことを覚えていたので、「いや、それは……」ってしどろもどろになっていたら、「まったく強制するつもりはないんですけど、でも、樹木さんは『二次使用はどうぞご自由に』っておっしゃっていましたものね」と。

中野　文藝春秋さんって怖いですね～（笑）。

内田　でも、ああ、そうか、これは全部二次使用だ、全部いろんな雑誌や本から引っ張ってきたものだと気づかされ（笑）、そこで私は考え方を一八〇度変えて、じゃあいいやと承諾したんです。

母はマネージャーも居なくて、古いファックスのついた留守番電話に自分で「はい、希林館（註・樹木希林がひとりで運営していた個人事務所）です。御用のある方はどうぞメッセージを。そして、二次使用はすべてどうぞご自由に」、ピーッ、というメッセージを入れていたんです。自分ひとりでやっていると、二次使用の許可を出すのが本当に面倒なんですって。だからそういうふうに録音していたみたいなんですけど。

私は、まさか母が亡くなった直後にそういう展開で本が出るとは思っていなかったのに、今では中国、韓国でも翻訳されたりして、「なんかすごいことになってるよ」と、よく空を見上げているんですけど。

中野　この本は面白かったですよ。

内田　そうですか。そのうちいろんな出版社の方からの問い合わせが殺到して、一社ＯＫしたら断わりにくいというか、みなさんがいろいろな切り口で、映画をメインにしたものとか、母の書いた手紙だとか、着物のことだとか、一生懸命いろいろ考えてプレゼンしてくださるので、よく考えて、「よろしくお願いします」ということになったんです。でも、なかにはまったく知らないうちに出ているものもいくつかあって。

中野　そうなんですか。便乗的な本もあるんですね。

内田　母が二次使用ＯＫって言ったことが、ここまで広がって。それも含めて面白がればいいということだと思うんですけど。

贈られた物に「要らない」と書いて送り返す母

中野　ご本には、希林さんが物を大事にされていたということもたくさん紹介されていますが、一方で、物をもらうのが嫌いな人だということも紹介されていますよね。舞台に出演された際にも、お花を贈ってくれるなというぐらいだったと。そのくだりを読んで、私はある人を思い出しました。江戸時代初期の本阿《ほんあ》弥《み》光悦《こうえつ》という人のお母さんです。本阿弥光悦は万能の美術家といわれた人で、陶芸もやるし、書もやるし、刀の目利きでもある。そのお母さんが妙秀《みょうしゅう》という名前で、刀の目利きのお家の本家のお嬢さんで、お婿さんをもらって家を継いだんです。この妙秀が物をもらうのが嫌いなんですよ。どんなにいい着物をもらっても、みんな裂いて、衿《えり》や頭巾に仕立てて全部、人々に配ってしまう。

内田　え～っ。でも、受け取ることは受け取るんですね。

中野　どうしても受け取らざるを得ないものは受け取るけれど、小物に作り替えてしまう。着飾るものは毒だからって。

内田　母に似ている～（笑）。

中野　そうでしょ。希林さんは本阿弥妙秀ではないかと思った。也哉子さんはその一粒種なので、本阿弥光悦みたいな目利きのできる人なんじゃないかと……。

内田　母は戦時中に生まれたんですね。物がない時代から、急激に物が溢れかえる時代に変わるのを経験した。私が生まれたとき、母は三十代。母はとにかく断捨離で、食べ物は一汁一菜で玄米菜食、物については、例えばハサミにしても、普通は家のなかのいろんなところに置いておくんでしょうけれど、家じゅうで一個しかない。それから、道具は一つの用途だけではなく、いろんなふうに使いこなす。洋服も中学に上がるまで一度も買ってもらった記憶がないですね。

中野　それはすごい！

内田　母のお友だちの女優さんは、みなさんシーズンごとにお洋服を買い替えるから、そういう方々のお下がりをもらって、Tシャツでさえも肩上げして着せられていたんですよ。おもちゃもないです。

中野　面白い！　みなさん、私たちは今、すごいことを聴いているんですよ！

内田　「物を大事に」という温かい感触の心がけというよりは、もっとストイックな考えによることなんです。物を介してでしか付き合えなくなってしまう関係性ってあるじゃないですか。いただいたらまた贈り返して、というのは人間のコミュニケーションの一つではあるのだけれど、母にしてみたら、けっこうロマンティストなので「そんなことしないで、もっと直《じか》につながろうよ」という感覚があったと思うんです。

中野　面白い。

内田　それを恥ずかしいから、「私はとにかく一切合切要りません」と言っていた。

内田也哉子１歳。母・樹木希林は、幼な子に作るのも、一汁一菜の玄米菜食。

中野　なるほど。

内田　どうしてもといって送ってきちゃう人には、メモ用紙に「要らない」って書いて送り返すんですよ。それを見ていた私の気持ち、わかります？　胃がこんな小っちゃく縮んじゃって。

中野　うんうん。

内田　お年玉にしても、「お年玉っていうのは玉（硬貨のこと）なんだ」という。でも、私の育った八〇年代なんてバブルで、みなさんがお年玉の袋に千円札を何枚か入れたりしていたじゃないですか。そういうお年玉をいただくと、「返しに行ってきなさい」って言うんです。だから、私はお年玉が貯まらなかったんです。

樹木希林の教育は脳科学的に意味がある

中野　すごいですね。先ほどから、すごい、すごいと言ってばかりですが、なぜ「すごい」と言ったかというと、また実験の話になって恐縮なんですが、これは創造性を育てるためにすごくいい教育じゃん、と思って感動していたんです。

内田　そうなんですか？

中野　確かにこれは本阿弥光悦が生まれるわ、と思って。

内田　教えてください。私の人生はこれでよかったんでしょうか。

中野　すごい、すごい。すごいですよ。創造性を測る試験というのがあって、どういうふうにやるかというと、例えば、ここにペンがあります。このペンを、ものを書く以外の用途でどう使うかというのを単位時間内、例えば三十秒で何通り思いつくか。それでその人の創造性を測るんです。

内田　母だったら絶対、ものすごい数を思いつく。

中野　すごく得意だと思うんですよね。これは創造性の試験として研究ベースでも採

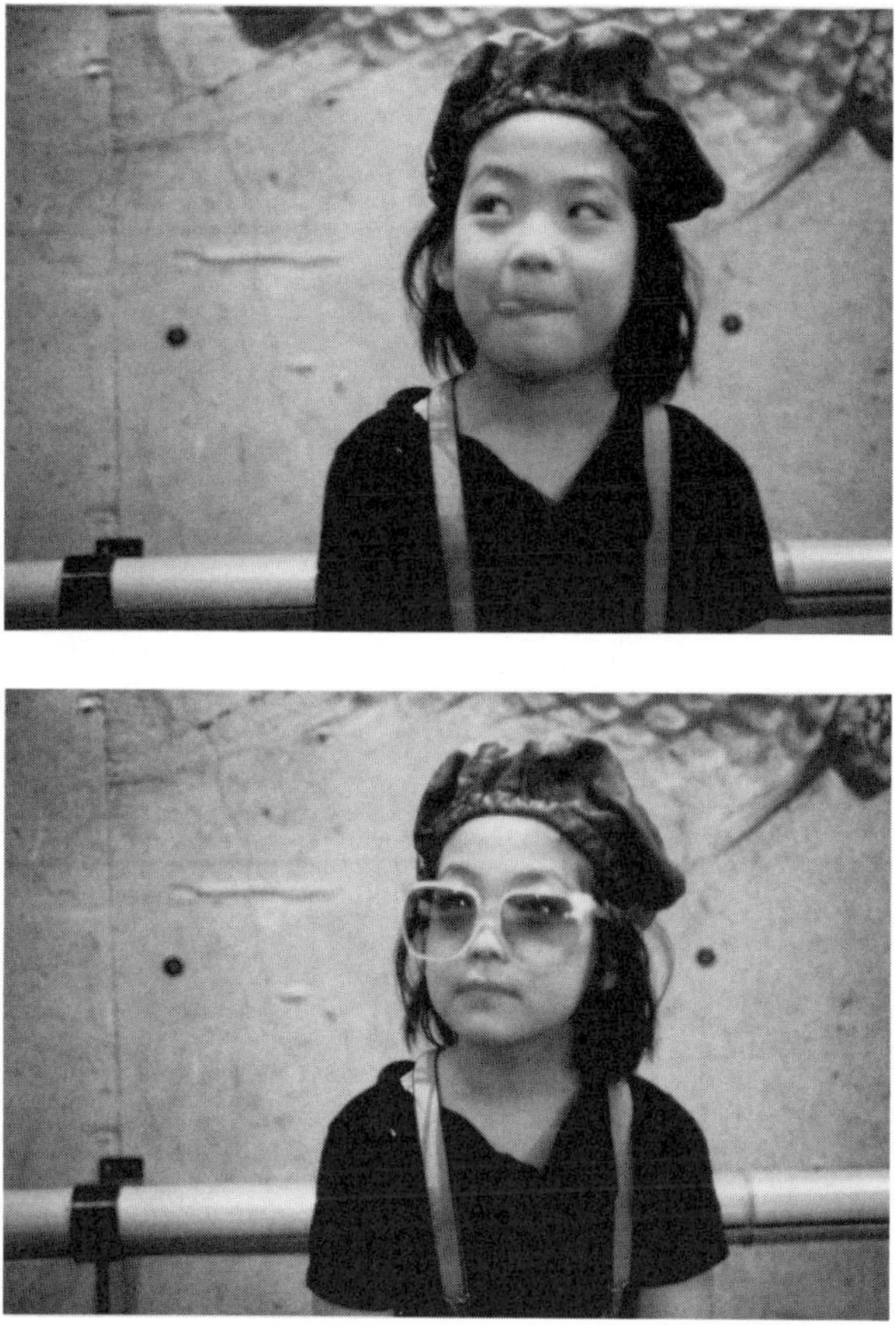

内田也哉子7歳。母がもらってきた大人の古着をいつも着せられ、中学に上がるまで洋服を買ってもらったことは一度もなかった。

用されているものです。これを鍛えるということが今、結構な課題でして。

内田　そうなんですね。私の暗い過去がちょっとだけ報われた気がします（笑）。

中野　希林さんはすごい教育してるなと思いました。

内田　でも、極端過ぎるのもやっぱりちょっとトラウマティックというか。

中野　なるほど。昔にさかのぼって、子どもの頃の也哉子さんに「脳科学的には意味があるよ」って教えてあげたいですね。

内田　教えてほしかったです。本当に、亡くなる直前まで、それこそティッシュ一枚でも、ちゃんと使い切って捨てた。靴下でも、古くなってきちゃったらそれを切って開いてクイックルのペーパーを挟むところにセットして、そこら辺をきれいにしてから捨てる。「物にも冥利《みょうり》がある」っていつも口癖のように言っていました。

　私はそういうストイック過ぎる母を見てきて、じゃあ自分は今、同じようにやっているかというと、実は、真逆とまではいかないですけど、やっていない。

中野　わかる（笑）。

父と真逆のタイプの人と結婚できた理由

内田　人間って、親がやっていて嫌だなと思ったことは採用しなくなるんでしょうか。そういうこと、ありませんか？

中野　それはどちらかというと心理学ですけれども、実はむしろ、人間はやっちゃいけないと言われたり思ったりすると、逆にそちらに進んでしまうという現象があります。例えば、ダイエットしたいという気持ちがあったら、食べちゃいけないと思いますよね。だけど、食欲はあって、それがおいしいものだと知っている。このときに、どっちが勝つかというと、意思の力は必ず負けるんです。一時的に勝ったとしても、いつか必ず負ける。しかも、ダメだダメだと思っていると、よりカロリーの高いものが魅力的に見えるということも実験的にわかっているんです。

　ほかにも、お父さんを見て、「自分はこういう人とは結婚しないようにしよう」と思っていると、そういう人と結婚しちゃったりするということもあります。違うと思って結婚したのに、いざ一緒に暮らし始めたらそっくりだったとか。也哉子さんはそこは乗り越えられていると思うんですけど（笑）。

内田　今、ふと考えたんですけど、私はあまり父を拒否もしてなかったのかもしれませんね。そもそも父と暮らしたことも一度もない。生涯で会った時間の合計が算出できるぐらい。たぶん数十時間だと思うんですよね。だから、父があまりにもミステリーな存在過ぎて、漠然と父みたいな人は嫌だとは思っていたけれども、絶対こういう人と結婚しないようにしようと思うほど父のことを知っていたわけではなかった。だからこそ父とは真逆の人と結婚することができたのかな。でも結局、父が紹介してくれた人だったんですけどね。

中野　そうなんですね。不思議な巡りあわせですね。

みんなが存在すると思っているから存在する

内田　「ご縁」という日本独特の表現がありますが、中野さんはそういうスピリチュアルなことは信じますか？

中野　確かに東洋思想的ですよね。私はどちらかというと科学の子なのですが、科学をベースにして生きている人には二通りあるんですよ。一つは「そんなスピリチュアルなことなんかあるわけないじゃん」というふうに完全に否定する人――私に言わせれば科学のアマチュアだと思います――と、もう一つは「科学でわからないことは、まだわかっていないだけであって、あるともないともいえないですよね」という人。論理的には後者が正しい。私は後者の考え方をしたいと思っています。

ご縁というものはあるかもしれないし、ないかもしれない。まだ明らかでないと思います。でも、みんながそういうふうに言うということは、本当にあるのか、ないしは、人間というのはそういうものを実在するかのようにとらえる性質があるのか、どちらかなんでしょう。

世の中というのは物理的にできてはいるけれども、その上に人間の認知が乗っかっている。つまり、みんながそういうふうに思っていれば、ほぼ存在するのと同じことだといってよいでしょう。人気とか景気とか、いわゆる「気」が付くものはだいたいそんな性質があります。みんなが存在すると思っているから存在する。

内田　目には見えないものですよね。

中野　そうです。株価だって目に見えないですよね。だけど、投資家のうちの一定数が「この銘柄はいい」と思えば上がる。

内田　むしろ言葉を使わないで伝わることのほうが人間間《かん》では大きいっていいますものね。

中野　大きいと思います。

内田　私も今日、たくさん感じています。

中野　えっ、どうしよう、私のネガティブなオーラみたいなものを……（笑）。

内田　違う違う（笑）。今のお話、すごく興味深いです。

「におい」と「声」で快感物質が分泌される

中野　非言語的メッセージというのは、嗅覚受容体を介して伝わるものが有力な候補の一つなんですよ。もちろん目に見えるその人の態度というのもあるんだけれども、なんだかウマが合う・合わないというのは、「におい」で感じている可能性を示唆《しさ》する研究もあります。

内田　一見無臭に感じても。

中野　そうそう。あとは、声のトーンとか。

内田　声の振動も含めて？

中野　そうです、そうです。

内田　面白いですね。知れば知るほど面白いですね。

中野　不思議ですよね。脳科学でいうと、私たちは音楽を何気なく聴いているけれども、音楽を聴いているときには脳内でオピオイドという脳内麻薬が分泌されているんです。

内田　ああ。なるほど。

中野　快感物質が出るということです。かつてイランのホメイニ師が「音楽は麻薬」と言って音楽を否定しましたけど、ある意味それは本当だったんです。

イスラム文化圏において楽師というのは社会的には格が低いとされている、というのを東洋音楽史の先生に伺ったことがあります。なぜかというと、人々に快感を与え過ぎるものは品のないものだ、という捉え方から来るという解釈のようですね。やや極端ですが、セクシャルな表現と同じような扱いという感じなのかもしれません。どうも、わかりやすい快感を与えるものに従事する人は、位が低いとされる傾向があるようなんですよ。では、かの地で位が高いのはどんな人かというと、詩人です。

内田　それはなぜですか？

中野　言葉は高尚なもので、人々を思考させ、その力を使って多くの人の生き様を変えることができる、という考え方のようです。ただこれは私が聞きかじったことなので、できればイスラム学の専門家に確認してほしいことではありますが。

内田　詩という、そのミニマルさが崇高だということなんですね。

中野　それから、詩人たちはすごく美声なんですよ。声の力がすごい。

内田　じゃあ、音を楽しむということでもあるわけなんですね。

中野　そうですね。ただ、音を楽しむということでは同じでも、音楽の楽しみと詩の音の楽しみを峻別《しゅんべつ》している。私たちの身近な例でいうと、マンガと格調高い本の違いですかね。といっては、マンガにかなり失礼かもしれませんが……。

血のつながりは大事なのか

内田　私は子どもを三人、授かっているんです。それでよく考えるのですが、「血縁」ということに私たちの社会はこだわるところがあるじゃないですか。でも、実はそこは本質じゃないんじゃないかと私は信じたいところがあるんです。自分の親に対するいろんな反抗心も含めて、血のつながりから解放されたいという思いもあるし。

では、家族において「親子」に焦点を絞ったとき、「血縁」と「生まれたときからずっと共有してきた時間」というものは、価値を比べるのも変だけれども、人間の脳内ではどう整理されるのかなと。

中野　それだけで五時間も六時間もしゃべれるような内容ですよ。同じように悩まれた学者もいっぱいいたようで、いっぱい実験があるんです。

内田　では未解決ですか？

中野　ある程度、示唆的な結果は出ています。也哉子さんが欲しいのはこういう答えなんじゃないかなって、今、私の脳内で一生懸命探しているんですけど……。

内田　欲しい答えをくださる(笑)。

中野　例えば、ラットのストレス耐性の実験というのがあります。高床式の通路を作製して、一部の床を下が見えるように透明にしておきます。すると、ラットは透明な床を怖がるんですね。だから、透明な床の先にある餌を取りに行かない。でも、なかにはあまり怖がらない、透明な床によるストレスがあんまりかからないラットもいて、餌の魅力のほうが勝って、透明な床であろうがズンズン餌を取りに行っちゃう。このラットのストレス耐性の違いはどこから来るのかということを調べた実験があるんです。

ラットという動物は、子どもを舐めて育てるんですね。グルーミングをして育てる。ただ、よくグルーミングをするお母さんと、あまりしないお母さんがいる。すると、よくグルーミングされて育ったラットのほうが、透明な床の先にある餌をよく取りに行ったんです。ということは、よく子どもを舐めるお母さんがそもそもストレス耐性が高くて、それを子どもは受け継いだのか。それとも、グルーミングが大事なのか。

これを調べるために、巣を取り換える実験をするんです。よく舐めるお母さんから生まれた子どもを、よく舐めないお母さんの巣に移す。逆に舐めないお母さんから生まれた子どもを、よく舐めるお母さんの巣に移す。そうすると、育てのお母さんと産みのお母さんのどっちの影響が大きいかがわかりますよね。どっちの影響が大きいと思いますか？

内田　育ててもらったお母さんの影響が大きい、接した時間のほうが大事だというふうに思いたいんだけど。

中野　おっしゃるとおりです。この実験では、育てのお母さんのほうが影響が大きかったんです。よく舐められたほうがストレス耐性が高いんですよ。

内田　そうなんだ。

中野　で、脳を切って調べてみると……ちょっとかわいそうなんですけど……。

内田　さっきからかわいそう。

中野　ごめんなさい、ラットさん。脳の海馬と扁桃体——これが恐怖を感じる場所なんですが——、この二カ所がお母さんが舐めることによって変化していたんです。つまり、接している時間、育ててもらったという経験によって、脳そのものが変化したわけです。別に遺伝だけですべて決まるわけじゃない。一緒に接している存在もとても大事ですよ、ということを示す実験です。

知性は母から、情動は父から受け継ぐ

内田　よかった、聞きたい答えが聞けて（笑）。でも、同時にちょっとあまのじゃくな

言い方をしてしまうと、私はさっきも言ったように父とほとんど一緒の時間を過ごしてないんだけれども、ふと会った時に、怖いぐらい似ている瞬間を感じたんですよね。その部分は遺伝でつながっちゃっているところなんでしょうか。

中野　もちろん、つながっています。お父さんから主に受け継ぐ部分と、お母さんから主に受け継ぐ部分というのは、遺伝的にある程度偏《かたよ》りがあるんですよ。知性はお母さん。

内田　えっ。子どものほうは娘でも息子でも関係なく？

中野　そうそう。どうもホルモンの影響で割合的には変わったりするようなんですけど、知性を司る大脳新皮質は主に母側と考えられています。

内田　知性はお母さん。そして？

中野　内臓などの、他の身体の部分はお父さん。

内田　えっ、そうなの？　え〜〜っ、複雑な気持ち（笑）。

中野　情動の部分もそうかもしれない。情動脳の部分はオス側の遺伝子が発現しているらしいので。

内田　そうなんですね……。

中野　でも、也哉子さんはそんなお父様のように激しいものをお持ちの人かなと、ちょっと今、疑問には思っているのですが。

内田　実は秘めているんです（笑）。

中野　あ〜、秘めているんですね。

内田　そうなんです。ほとんど会わないし、嫌だなと思うことのほうが多かった父ですけど、私は小さいとき、ふと「お父さんは何をしているかな」とかって母に聞いたんですね。そうすると母が「あんた、やっぱり気になるのね。親子なのね」と言う場面があったんです。母を見ると、父のことをぜんぜん思い出してないなというふうに見える。それは、夫婦は血縁じゃないからだと思っていたんです。

　だから、母とケンカすると、「お母さんは血縁じゃないから、お父さんが逮捕されても何かバカなことをしてもデーンとしていられるけど、私は自分がＤＮＡを受け継いだ父だって思えば思うほど、罪悪感があるんだから」というふうなことを言ったものでした。でも、それって自分の脳でそう言い聞かせちゃっているということもありますよね。

中野　刷り込みはあると思います。自分という存在が生物学的な、例えば遺伝子の所産であるという意識は、先進国の人ならばおそらくほとんどの人が持っていますよね。けれども、いかにも当たり前であるかのような、そういう感覚のもとになっている、ＤＮＡを介した遺伝というのは、ここ数十年の間に生まれたごく新しい考え方なんですよね。

　これを、「実は普通じゃないよ」と思うことも大事なことだと思うんです。別に科学がすべてを支配しているわけではないかもしれないと。科学的に見ればこうだけれども、違う見方もあるよということを、私たちは知っておいたほうがいいんじゃないかと思うんですよね。

内田裕也は母親に脳病院に連れて行かれた

内田　話は飛んじゃいますけど、父自身は小さいとき、欲しいものが手に入らないと床に寝っ転がってワーッと泣き叫んだり、思春期はケンカして手に負えなかったりしたんですって。四人兄弟の末っ子で、祖母が四十歳のときに生まれた子どもでしたから、溺愛されて育ったんですね。

でもあまりにも手に負えないものだから、ある日、脳病院に連れていかれたと。「俺はロールシャッハの絵を見せられて、『何に見えるか』って聞かれたんだぞ。この気持ちがわかるか！」って、酔っぱらうとよく話していたんです（註・スイスの精神医学者ロールシャッハ〔一八八四～一九二二〕が考案した人格検査。インクを落として作った左右対称のしみのあいまいな図形を示し、何に見えるかを言わせて人格の特徴を診断する）。

中野　そうなんですか。ロールシャッハ、今ではあまりやらないようです。

内田　祖母としては、裕也が手に負えないから、何とかして診断名が欲しかったんだと思うんですよね。

中野　なるほどな～。

内田　やっぱり人間ってわからないものがほとんどなんだけれども、でも、どこかでわからない不安をずっと抱えているという恐怖もあって。

中野　裕也さん、もしかしたら、今なら診断名がつくかもしれません。

内田　診断がついて、ホッとするところがありますよね。人間ってそういう部分もありますよね。

中野　腑に落ちると楽になるということですよね。

本木雅弘と内田裕也は何が違うのか

トークイベントの最後には、『週刊文春ＷＯＭＡＮ』編集長が司会をつとめ、参加者から二人への質問タイムが設けられた。家族、夫婦関係についての率直な質問の数々に、二人は一切ＮＧなしで回答する。

――最後に、本日の参加者の方々から事前に募集したお二人への質問に、お答えいただきます。まず、ペンネーム「みそきち」さんからです。

「家族にとっての愛人、不倫ってどんなものでしょう。内田さんに質問。愛人、不倫に親和的な裕也さんと、それとは遠そうな本木さんの間の差異は何ですか？　中野先生に質問。愛人にしかなれない人と妻や母（夫や父）にもなれる人の境界って何ですか？」

内田　「父親が不倫や愛人に親和的」っていうフレーズは初めて聞いたんですけど、ものは言いようですね（笑）。でも私もちょっとそれを考えたことがあって、ダンナさんに「男性として、人としても、あなたと裕也はどう違うと思うか」って聞いてみたんです。

　本木曰《いわ》く、たとえてみると、自分は戦車をひとりで操縦して、その鉄の塊に守られた中から「どうぞ私には構わないでください。すいませーん、そこ通りまーす」と、控えめのようでいて、実はグシャグシャに辺りのものを踏んづけていく人間なんだそうです。私生活では特に人とコミュニケーションを取るのが苦手で、友だちも少ないですし、仕事を終えたらすぐ家に帰ってきてしまう。時間があればロンドンに行ってしまうし。

中野　戦場を想定されているんだ。

内田　人生を戦場にたとえているんですね。で、裕也の場合は、何の武装もなく、拡声器だけ持って「おーい、俺の話を聞いてくれ。俺の話は間違っていますか？」と叫ぶ。そうして人と取っ組み合いのケンカにもなるし、痛い思いもするんだけれども、相手の意見も「おもしれえな」と聞く。その結果、多くの人とシンパシーを共有する。そういう違いがあって、それは男女の関係にも通じているんじゃないかとか言っておりましたが、どうでしょうか。

中野　本木さん、素晴らしい見立てではないでしょうか。AVPR（アルギニン・バソプレッシン・レセプター）というホルモンの受容体に、俗に「不倫遺伝子」といわれるものがあるんですよ。たったひとつ、DNAレベルでいうとたった一文字違うだけで振る舞いが変わっちゃうという。

内田　じゃあ、本木と裕也はDNAが一文字違うだけ？

中野　たぶん（笑）。不倫に関しては、それがおそらく〝違い〟だと思います。ほんの一文字違うだけなんですけれども、何が変わってくるかというと、たったひとりの人を大事にするか、みんなを浅く広く大事にするかという違いです。

内田　うわ～。そのとおりだ。

中野　みんなを浅く広く大事にするのが、ごく大雑把《おおざっぱ》にいうと、浮気をする、不倫遺伝子ですよね。

内田　それを聞いて不思議なのは、母は結婚を二回したんですけど、わりと一途にというか、特にわき目もふらずに父をとても大切にしていました。父のほうからすると、広く浅くいろんな人とお付き合いしたい。そんな父に、母はまったく嫉妬をしてなかったようにも見えるし、本人にそういう気配は一切なかったんです。そういう男女というのは夫婦としては成立するんですかね。

中野　そうですね……ちょっと内面のことは計り知れないんですけれど。

内田　本人同士さえよければいいということですかね。

中野　結局、それに尽きると思うんですよね。女性にももちろんこの遺伝子はあります。実は、広く浅くタイプのＡＶＰＲは、男性が持っている場合は「離婚遺伝子」といわれ、女性が持っている場合は「不倫遺伝子」といわれます。何となく違いはわかります？　男性の場合は浮気が露呈しちゃうとすぐ別れることになっちゃうけど、女性の場合はうまくやっていろいろと得をするということのようです。

内田　そうなんだ（笑）。

中野　つまり、「貞淑」になる遺伝子と、「不倫」を好む遺伝子がある。ご質問には「愛人にしかなれない人」と「妻や母（夫や父）にもなれる人」とあり、「愛人イコール悪」のようにお考えなのかもしれません。そして、それが世間の見方だとも思うのですが、しかし実は、貞淑型と不倫型の人数の割合はおおむね五対五と推測されています。ということは、もともと一夫一婦制の結婚には向いていないタイプが人口の半数ほどいるということなんですよ。文春新書『不倫』に詳しく書きましたので、ぜひ読んでいただければ（笑）。

ブレないし風邪もひかない夫

――次の質問はペンネーム「リーフウッド」さんから。

「それぞれのパートナーに対して感心している、一目置いている点があればお教えください」

中野　それは、まさに私は今の夫と結婚しようと思った点でして、感情がぜんぜんブレないんです。何があっても動じないところ。そこはすごく好きだし、尊敬しています。私がどんなに揺れ動いても、ここに居てくれると思える。安心できるところを尊敬しています。

内田　ああ、素敵。でも、それは私も共通するかもしれません。

中野　わあ、ホントですか？

内田　私も、自分自身は感受性が豊かと言えば聞こえはいいですが、わりと感情の起伏が激しくて、ダンナさんはすごく忍耐強い。あと、愚痴を言わない。

中野　ああ、一緒です。

内田　だから、逆に大丈夫かなって心配。小出しにしたほうがいいと思うんですけど。「無駄に言っても仕方がない」って本木は言うんです。でも、いざ言うとなると、とことん言うから怖いんですが（笑）。そこは母にもすごく通ずるところがあって、言ってもやっても仕方がないことはじっと黙って自分のなかで処理する。あともう一つ、滅多に風邪をひかない。

中野　え～、すごい。注意深い人なんですね。

内田　風邪は気合いで乗り切れるって。だから、私が風邪をひくと冷ややかな目で見てくるんですけど（笑）。

中野　え～～っ（笑）。

内田　やっぱり仕事柄、本当にこの日は自分が居なければスタッフのみんなは何も仕事が成立しない、ということがあるじゃないですか。だから、子どもの頃から訓練されていて、大事なときは絶対に風邪をひかない。あと、顔に汗をかいちゃいけないときは汗を止められる。

中野　うわあ！

内田　答えがくだらな過ぎましたね（笑）。

中野　いいえ、本木さん、すごい。

内田　やっぱり自分にはないものに一目置きますね。

中野　そうですね。

内田　中野さんもすごく感情が豊かなんですか？　感情が表に出ます？

中野　出ます、出ます。すごい出ます。

内田　じゃあ、ケンカとかしても？

中野　夫婦喧嘩と言っても私だけが怒っているんです。ケンカになっていない（笑）。

夫とは意見が一致しなくて当たり前

――夫についてもう一問。「あすか」さんからの質問です。

「夫の意見や考え方に承服できないとき、どんな場合、どんな内容でしたら、〝家族〟として自分の意見を伝えますか？　また、どんな場合でしたら、〝他人〟としてスルーしますか？」

内田　これは母の教えというか、母を見て知ったことなんですけど、とにかく結婚したら相手に何一つ求めないということ。例えば家事でも何でも、「自分がしたいからすると思えば楽だよ」と母に言われました。というのも、父は稼ぎも家に入れないし、いわゆる父親の役割も果たしてなかったのですが、母はよくそれに耐えたなというより、「そもそも求めてないから平気なんだ」って言っていたんです。

だから私も、なかなか難しいことではありますが、「なぜこうしてくれないの？」という気持ちが生まれそうになったら、「いやいや、期待しない、期待しない」というふうにもみ消すようにしているんです。中野さんはどうですか？

中野　私は、一応結婚はしているけれども、互いに独立した個人だと思っているので、考え方は合わなくて当たり前だと思うようにしているんですよ。そもそもが赤の他人ですから、ベースの考え方が一致するわけがないと。

内田　そうですよね。

中野　だから、感情が先に立って「なんでわかってくれないんだろう」と思うことがないわけではないけれども、少し時間をおけば、まあ、しょうがないよね、お互い好きなようにしましょうって思うようになります。

初恋みたいな人と結婚した

内田　うちはダンナさんと私は性格が正反対で、趣味も違うし、何から何まで違うんです。最初に出会ったのは私が十五歳のときで、ほぼ初恋みたいな人と結婚した……いつの時代の話かっていう感じなんです（笑）。

私にはダンナさんと常に共感する、一緒であることに憧れがあったんですけど、結婚生活を重ねるにつれて、ダンナさんのほうは「違うから面白いんじゃない？」ということを教えてくれた。

彼にとっては何もかも同じでは発見がないというか。私は一緒になって盛り上がりたい。そこで何度も衝突したんですけど、でも、一抹の寂しさを残しつつも、本当にそうだな、違うのは面白いんだってわかるようになりました。

中野　まったく一緒だったら、別にひとりでいいし。

内田　そうですよね。そういうふうにアタマでわかるようになりました。まあ、時々感情がはみ出ちゃうこともあるんですけどね。こんな回答で大丈夫でしょうか。

谷川俊太郎の詩集から

内田　最後に勝手にまとめるようですけれど、何かトークの後の余韻のようなものをお届けできるといいなと考えて、今日は谷川俊太郎さんの詩集『バウムクーヘン』（ナナロク社）から家族というテーマで三篇、朗読させていただきます。

「かぞく」

ぼくはチチがきらいだ　とアニがいう
わたしはハハがきらい　とイモウトがいう
ぼくみんなすき　とオトウト

チチはみんなのためだというけど
かえってくるのは　つきにいっかい
チチはだれもあいせないのよ　とハハはいう

そんなことない　とわたしはおもう
もうハハをあいしてないとしても
チチはわたしたちこどもをあいしている

ゆうがた　アネのわたしはカレーをつくってる

ハハはまだかえってこない
アニはむっつりメールをうってる

これがいきてるってことなのかな　とおもう
ライオンやちょうちょやまつのきやくらげ
みんないきてるってこういうことなのかな

「ハハのむすめ」

わたしはハハのむすめです
つまりはバアバのまごむすめ
アネからみればイモウトですが
わたしはまだまだわたしじゃない

わたしはわたしになっていきます
まいにちまいにちすこしずつ
ハハがしってるわたしのおくに
ハハもしらないわたしがすんでる

わたしはそこではただのいきもの
わけもわからずいきているだけ
うめきもするしうたいもします

ことばにならないたましいだいて
そっくりだっていわれるけれど
わたしはハハとはちがうにんげん
でもいつかはハハになるかもしれない
わたしによくにたむすめのハハに

「まいにち」

いつのまにか
きのうがどこかへいってしまって
きょうがやってきたけど
どこからきたのかわからない
きょうはいつまでここにいるのか
またねてるあいだにいってしまって
まっててもかえってこないのか

カレンダーにはまいにちが
すうじになってならんでるけれど
まいにちはまいにちおなじじゃない
ハハがしんでチチがひとりでないていたひ
そのひはどこへもいっていない

いつまでもきょうだ
あすがきてもあさってがきても

＊詩の出典：谷川俊太郎『バウムクーヘン』ナナロク社、二〇一八年

第2章

毒親、不倫。そして私たちの結婚

第1章で紹介したトークイベントで初顔合わせながらすっかり意気投合した二人。三週間後には、早くも二回目の対談が実現した。二〇二〇年二月頭、場所は内田也哉子の自宅近所のカフェ。「私にはブラックホールがある」「別れて楽になろうと話し合っていた」。編集者の同席を断った二人の、一対一のぶつかり合いが始まった。

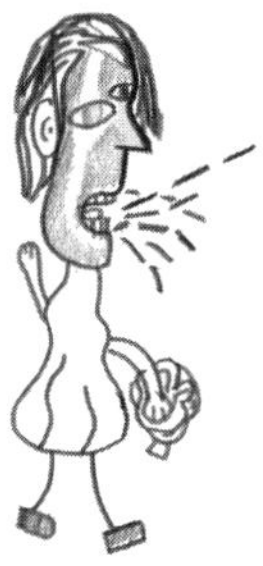

デビューは『ホンマでっか!?TV』

内田　前回は、動物界全体で見てみれば内田裕也・樹木希林はけっこうノーマルな夫婦であるとか、希林流の子育てには脳科学的に意味があったとか教えていただいたおかげで、私が長年抱えていた両親へのわだかまりが氷解していきました。

中野　お役に立ててうれしい。

内田　中野さん、いつも相談されちゃうでしょう。

中野　うーん、確かにもっぱら相談される側の人です。

内田　今日は中野さんご自身のお話を伺いますよ。中野さんをテレビで見ない日はないですけど、ご出演のきっかけは?

中野　フランスの国立研究所ニューロスピン（高磁場ＭＲＩ研究センター）にポスドク（博士研究員）として二年間勤務して、三十代半ばで日本に帰ってきたものの、仕事がない。スキルがないし。

内田　スキルだらけに見えるけど。

中野　研究員にできることなんてそんなにないんですよ。それでサイエンスコミュニケーターみたいなことをしていたら、本を書くことを勧められ、書いてみたら『ホンマでっか!?ＴＶ』（註・フジテレビで放送されている明石家さんま司会の情報バラエティ番組）から出演依頼が来た。二〇一二年ですね。

内田　え！　私、その番組を観て、中野さんを初めて知ったの。面白いなあと思った。中野さんの初出演だったとは。

スキューバダイビングでひとりになる時間が必要

内田　お休みの日は何をしていますか。

中野　スキューバダイビングが好きで……。

内田　えっ、意外。

中野　六年前に沖縄で初めて体験ダイビングというものをしたんだけど、今では休みが三日あれば行ってしまう。例えば、メキシコのカンクンなんて、水の中がどんなに美しいか知ったら誰もが行きたくなると思う。セノーテという地下水脈があって、地下の洞窟に石灰岩でろ過された水が溜まっているから透明で、百メートル以上先まで見えるんです。ほら、すごく透明で、水がないみたいでしょう。下のほうに見える雲みたいなのは硫化水素の層です（スマホの写真を見せる）。

内田　なんて幻想的。

中野　沖縄の海もきれいで、私がよく行くのは宮古島ですね。

内田　実は、埼玉でお米を育てている本木の父も、唯一の趣味がスキューバダイビングなんですよ。お米が心配で何日も家を空けるわけにはいかないのだけど、行くのはいつも石垣島。八十歳を過ぎているけど、いつも家族も連れずにひとりで出かけていく。

中野　石垣島の海で見られるのはマンタですね。そして泡を出す植物が目当てで行くという人もいましたね。光合成して酸素を出す、そのシュワ〜ッていう泡がすごくきれい。

内田　中野さん、生き物も好き？

中野　嫌いじゃないですね。特に捕食しているシーンとか、好きです。

内田　ほ、捕食？

中野　エビがヒトデを食べてます、とか、イソギンチャクがクラゲを食べてます、とか。

内田　……。

中野　ああ、生きてるってこういうことだねと思うので。

内田　なるほど。ダイビングはダンナさんもご一緒に？

中野　ダンナさんとは一度、一緒に行ったけど彼が鼻血出ちゃって。

内田　あらら。それでは潜れない。

中野　でも私にはひとりになる時間も絶対に必要なので、ひとりで海に行って、ちょっと元気になって帰ってくる感じです。

周りから浮いていた子ども時代

内田　中野さんは小さい頃に疎外感を抱いていて、その原因は脳にあるのではないかと思ったんですよね。

中野　疎外感のいちばん古い記憶は五歳かな。幼稚園で周りに「変だよ」と言われて、何で変だと言われるのかわからず、ずっと浮いていたのを覚えている。
内田　頭の回転が早過ぎて浮いていたんじゃないですか？
中野　そんなもんなのかなあ？　小学校まではそう見られていたかもしれない。中学校では先生に職員室に呼ばれ、「もっとテレビを見たほうがいいですよ」と言われた。もっと一般的な感覚を身につけろということだったんだと思う。
内田　私は一歳半からインターナショナルスクールで、みんな肌の色も違って、家のご飯も違って、匂いも違って、テレビを見ている人もいれば見ていない人もいるという、違うのが当たり前というところから出発している。
　でも小学六年生で区立の小学校に転入したとき、みんなが一緒で、毛色が違う人は孤立するという空気に戸惑った。
中野　例えば、学校ではよく団結しようと言うでしょ。私はなぜ団結しなければいけないんだろうと思っていて、みんなと団結できない私は、どんなに成績がよくても落伍者だった。そういう評価をみんなが空気として醸《かも》し出すんです。

「いい人たち」の結束についていけない

内田　それは子どもにはきつかったでしょう。

中野　きつかった。しかもうちの場合、親に相談しても「あなたが悪い」ということになる。というのも、両親は信仰熱心な性質《たち》だったので、いわば個人の意思よりも団結や結束を大切にする側の人たちなんです。人柄はいい人たち。でも、私は結束を求められるのは苦手だった。

　中学校に進学する際、自分がすでに浮いていて落伍者になってしまうことが容易に想像される公立の中学か、親が勧める団結や結束をことのほか重視する中高一貫の私立校に特待生として入るかという究極の選択を迫られることになり……。

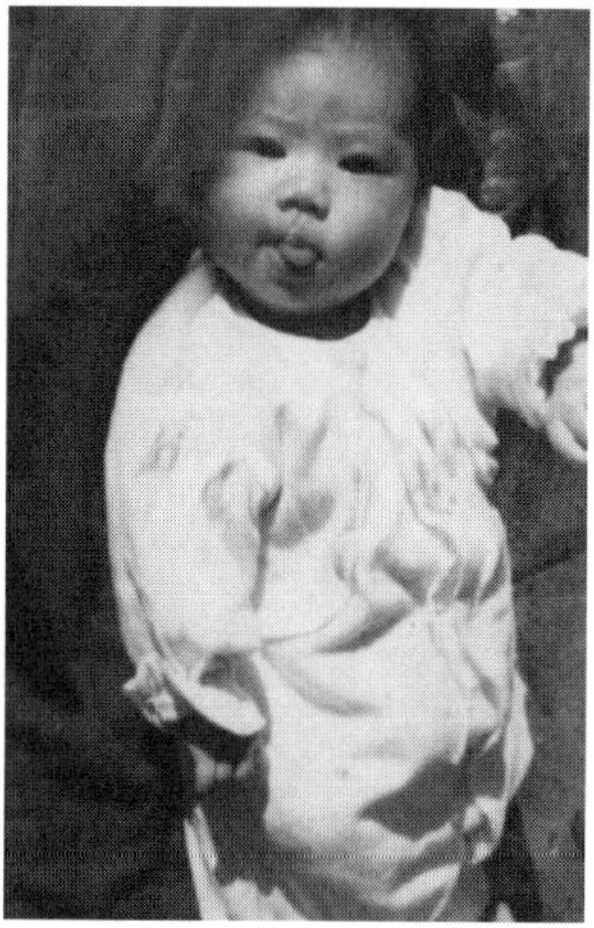

中野信子０歳。幼稚園で集団生活が始まるとなぜか浮いてしまう子だった。

内田　え〜、どちらを選んだの？

中野　その私立中・高校は成績がよければ東大に合格できるぐらいの教育水準ではあるので、覚悟を決めて私立中に進んだの。ただ、生徒たちはみんな純粋で、いい子ばかりだった。

内田　友だちはできた？

中野　今でも付き合いが続いている人は本当にわずかかな。

内田　私、学生時代の友だちで今でもひんぱんに会う人はほとんどいない。なんだか敬遠されているのかも。

中野　え〜、どうして？

内田　早く結婚して行動パターンが変化したからだと思う。寂しいもんですよ（笑）。

中野　そうか、当時、十九歳で結婚するなんてどんな感じなんだろうと思った。

内田　中野さんと私は同学年ですものね。

中野　本木雅弘さんが「内田也哉子さんと結婚することにしました」と、すごく神妙な顔で会見されていた画面を覚えてますよ。

内田　訳もわからず結婚しちゃったんだけど、もうすぐ銀婚式。

中野　四十代で銀婚式か〜。

内田　結婚するまで生きてきた時間よりダンナさんといるほうが長いから、なんか空気のような、でもまだ得体が知れない人でもある。

中野　得体が知れないと言えば……大河ドラマ『麒《き》麟《りん》がくる』の美濃のマムシ「斎藤道三」の怪演、すばらしいです！

内田　えっ！　ありがとうございます。

中野信子７歳の七五三で。この頃にはすでに疎外感に悩まされていた。

選べるのなら「会話のない親」より「ケンカの絶えない親」

中野　実は今、「毒親」をテーマに本を書いていて……（二〇二〇年三月に『毒親』〔ポプラ新書〕として刊行）。

内田　うわ〜、すごく興味深い。うちの両親も、ある種の毒親だから（笑）。

中野　それで私、内田裕也さんのご葬儀での也哉子さんのご挨拶にあった「Don’t rest in peace!（安らかに眠るな）」が深く胸に刺さったの。

内田　ああ、お恥ずかしい。

中野　父親って、子どもの私にとってはただひたすら怖くて、どう扱っていいかわからない存在だった。父と母は仲が悪く、物心ついたときには家には会話がなかった。「おはよう」の挨拶もない。友だちの家に遊びにいくとご両親がしゃべっているのでビックリして、これが普通なのかとショックだった。

内田　それは切ないなぁ。うちの両親は結婚当初、連日ケンカで流血騒ぎになっていたそうで。私が生まれたときには既に別居していて、でも永遠に離婚しない。そんな両親の関係が嫌で嫌で、別れたほうがみんな平和になるのにと思ってた。

　でも、比べるなんて不謹慎だけど、同じ家にいても一切会話をしない両親と、会えばときどき血が流れる両親と、究極的にどちらか選ぶようにと差し出されたら、ケンカするほうを選ぶって思ってしまった。両親のケンカが絶えなかったのは、実はそれほどお互いが放ってはおけない存在だったということなのかな。

中野　私もケンカするほうを選ぶ。うちの親は同じ家に暮らしているのに、お互いに見えてないみたいに振る舞っていた。

内田　お二人ともきっと、その空気の重さはひしひしと感じられていたのでしょうね。

貞操観念はたかが百五十年の倫理観

中野　前回、ＡＶＰ（アルギニン・バソプレッシン）の受容体に関連する不倫／離婚遺伝子の話題を出しましたね。ＤＮＡレベルでいうと塩基がたった一文字違うだけで、みんなを浅く広く大事にするか、一人を大事にするかという違いがあるという話をしたけれど。

内田也哉子12歳。小学校卒業記念の一枚。

内田　父はおそらく不倫型のＡＶＰの受容体を持っている、たくさんの人を愛するタイプ。

中野　うちの場合は母のほうが潜在的にはたくさんの人を愛するタイプだったんじゃないかな。惚れっぽくて（笑）。

結局、私が高校三年生のときに帰ってこなくなった。

内田　え〜、刺激的。女性の気が多いということは、日本社会ではなかなか認められないのかな。

中野　『源氏物語』にはそういうキャラの女性たちが登場して物語を盛り上げるのにね。朧月夜の君は浮気性だし、源典侍《げんのないしのすけ》はおばあさんだけどすごくお盛んなタイプだし。

内田　現代になるにつれて貞操観念の刷り込みが激しくなったのね。

中野　たぶんね。明治維新後に欧米に追いつこうという気運が高まったときに、貞操観念も欧米に合わせようとしたのだと思う。そのときに現在の倫理観が形作られたのであれば、たかが百五十年の倫理観なのね。本来、人間の性のあり方はもっと多様だったと思う。

内田　前回、アホウドリのカップルの三分の一はレズビアンで、子孫を残すためにオスと浮気すると聞いたけど、動物界のほうがよほど多様よね。

中野　人間界でも、フランスは婚外子の割合が六〇％近いというよね。つまり、結婚と生殖は必ずしも一致しないのね。

内田　結婚という社会的概念と、個人の性行動がずいぶん異なるんですね。

中野　性行動はいろんなパターンがあるから、一律に制度にはめるには無理があると思う。一夫一婦制にはまる人は楽だけど、はまらない人は大変よね。

内田　たとえば、哀しいかな、俳優の東出昌大さんは悪の枢軸みたいに言われちゃって。私は以前から東出さんの雰囲気が素敵だなって思っていたのだけれど、それを言うと女友だちから総スカンを食う。

中野　私は、文春の不倫報道が出てからのほうがむしろ色気が出てきたな、俳優としてはこの方が人を惹き付けるじゃん、って思ったな。

内田　なぜ不倫しても許される人と許されない人がいるのかしら？

中野　その人のイメージとのギャップ次第だと思う。

内田　そうね。みんな誠実な人だと期待していたのに実は違ったという場合は、裏切り行為として許せないのね。まぁ、こちら側の勝手な思い込みだけどね。

中野　梅沢富美男さんが「浮気してました」って言ったところで、まあ平常運転じゃないのとしか思われないでしょう。

内田　梅沢さんが毎日まっすぐ家に帰っていましたというほうが確かに違和感（笑）。東出さんも最初から砕けた雰囲気を醸し出しておけばよかったのかな。「すいません、僕にはちょっと愛を一極集中できない遺伝子が……」って。

中野　確かにね！　「俺は浮気はするけど、君のことは大事にするぜ」と言って、彼女側にも裁量権を持たせ、了解できれば結婚する。「それではちょっと困ります」ということなら結婚しなければいいのでは……。

内田　それでもかまわず結婚したのがうちの母ね（笑）。

不倫叩きは生物のアリー効果ゆえ

中野　こういう不倫報道が出ると、みんな演技のことでも何でも叩き始めるのね。

内田　これもまた集団心理というか、そういう類のものかしら。

中野　同調圧力みたいなものね。

内田　同調することが人間が生きるためには大切なの？

中野　そうなの。ある生き物が「①ポツンと一匹いる」「②小さい集団でいる」「③大きい集団でいる」。このどれが最も生き残りやすいかというと、「③大きい集団」なの。アリー効果といって、生物の原則といっていいもの。

人間なんてその最たるもので、外側が柔らかいから他の動物に食べられやすいし、足も遅いし、筋肉もほ乳類の他種と比べると少ない。生き延びていくには集団になることがいちばんの武器だから、自分の意思を優先するよりみんなと同じように考えましょう、となるように仕組まれている。

内田　確かにひどいよね、私たち人間って。自らが生き残るために集団で誰かを叩くこともあるなんて。

中野　ひどいと思うでしょ。でもこれが生き延びるために必要な行動なら、もっと「いいことだ」と思っていいはずなのが、「ひどいことだ」となるところが面白いの。

同調圧力のゲームからそろそろ自由になりたい

内田　考えてみれば「みんなで叩いてひどいよね」と集団と違うことを言って、どこか優越感に浸るところもあるのかも！　自分にもそういうところがあるだろうし。

中野　それもあるよね。まず、私たちは大きな集団のほうが生き延びやすい。では大きな集団の中でみんな平等に生きているかというと、そんなことはなくてヒエラルキーが作られ、〝オピニオンを出す側〟と〝それに従う側〟ができる。だいたいは従ったほうが気分がよくなるように仕組まれている。

内田　そのほうが楽だものね。

中野　脳も楽できるから心地よく感じるんだよね。でも、〝オピニオンに従う側〟は実入りが少なくなるということに気付くヤツがたまに現れる。そして裁量権がある側に行こうとする。その場合、その上昇志向のヤツは「みんなの意見に従いやがって、お前は汚い」みたいなことを声を大にして言うと、〝オピニオンを出す側〟に回れる。こういう共同体構造をつくる仕組みも、同時に私たちは持っているの。

内田　これも種の保存のためなんだ。なんか恥ずかしいぞ、人間！

中野　でも、面白いでしょ。

内田　ずっとどうやったら生き延びられるかっていうゲームをやらされているみたいね。

中野　そういうゲームからそろそろ自由になりたいのも確かだよね。

幸せすぎて離婚した希林がカオスな裕也にこだわった理由

中野　そういえば也哉子さんが希林さんの抱えるブラックホールについて書いたものを読んで、ああ、これ、すごくよくわかると思った。

内田　母は二回結婚していて、最初の結婚は、その幸せがあまりに息苦しくて離婚したのね。その後、生きている意味もわからない、息をするのも苦しいブラックホールに陥ってしまった。そんなときに内田裕也というカオスと出会い、母はこの人に振り回されることでブラックホールを紛らわすことができると考えた。

中野　私はとても共感したの。私のブラックホールは、生きていることそのもの。うまく言葉にはしづらいんだけど。

内田　私もいろいろ生産性を求めて日々生きてはいるものの、月に一回ぐらい、これをやっていて何になるのかって思う。母も幸せが表面的なものに思えたのかな。ケンカもない、包丁も欠けない、お皿も割れない穏やかな日常は、生命が続いていくのにいい環境でしょう。だけどそれを壊したくなるというのも、人間の脳のプログラミングに入っているのかしら。

中野　入っているのよね、これが……。「人類は平和がいいとわかっているのに、どうしてその方向に進まないのか」ということを経済学分野の先生とディスカッションしたことがあるんだけれど、そのときに、平和な状態って文明の終わりじゃないのかって思った。

内田　戦争が多いときのほうが文明が発展したということ？

中野　賛否あるけれど、現実の歴史としては、軍事技術がそうよね。

内田裕也の戦争と平和

内田　そうかそうか。どうやってあいつの領地を獲ってやろうかって試行錯誤するからね。

　父は「ロックンロール！」しか言っていないみたいに言われているけれど、「ピース！」も口癖だったんですよ。ところが自分の日常は戦争だらけ（笑）。母によれば、ケンカする相手も自分もカーッとする高揚感や、次はそう出てくるかというスリルが好きだったようです。

中野　その感じもわかるなあ。安定しているのに、わざわざ波風を立ててるんですよね。そのほうが、生《なま》のやり取りをしている感じがする、というか……。

内田　若いときは私もそうだったなあ。

中野　特に若いときにはそうなりやすいと思う。

内田　何のために脳はそんなことをしているの？

中野　ドーパミンの快感が欲しいからじゃないかな。相手が自分の何かに反応しているというのは、すごい喜びなの。自己効力感といって、自分が何かに対して影響を及ぼすことができたとき、ドーパミンの回路が活性化するんだよね。

内田　人間というのは何かに影響を及ぼしたいのね。

中野　それが「自分が存在する理由だ」と思い込んでしまうほどには、そうだと思う。安定して何もしない、何にもコミットできないというのは、実はストレスなの。

　ただ、一般的には年齢とともにだんだん脳も落ち着いてきて、ドーパミンで興奮すると疲れるから、ほのぼのと平和なほうがいいなと考えるようになったりするものみたいね。

人生が五十年余っちゃったときに夫に出会った

内田　中野さんはブラックホールにどう対処したの？

中野　ブラックホールは三十歳を過ぎたころ最も重いのが来て。たぶん博士号を取って、ポスドクとしてフランスの研究所に行って、やりたいことはやっちゃったと思ったときに、何のために生きているんだろうと。

内田　それってバーンアウトっていうもの？

中野　そうかもしれない。時間が余っちゃったの。九十歳まで生きる時代だから、五十年以上余っちゃったなって。

内田　(笑)。笑っちゃってごめんなさい。なんかあまりに次元が違うから笑うしかない。

中野　私も今思うと笑っちゃう。これから五十年どうしようと思って日本に一時帰国したときに、ダンナさんに出会った。それまでにもお付き合いをした人はいたけれど、私のことを学歴等から親に見せて恥ずかしくない女として選んだのね、と訝《いぶか》しく感じてしまったりして結婚を決められなくて。でもダンナさんに会ったとき、なんかこの人、今まで私の周りにいた人と違うと思った。

内田　あ、直感的に魅了されちゃったのね。

中野　何ということもなく一緒に暮らし始めてしまい。

中野信子30代半ば。夫の中野圭さんに出会い、ブラックホールから脱した頃。

内田　あれ？　一時帰国だったのに？

中野　そうなんだよね。フランスで仕事が決まっていたんだけど、もういいやと思って、それを辞めて帰ってきちゃった。二人ともお金もないし、近所の八百屋さんで冬瓜《とうがん》を買ってきて、皮まで捨てないように料理したりして。

内田　なんてロマンティック。愛さえあればいい、と。

中野　一年半経って、そろそろ結婚しますかといって結婚したんだけど、相変わらず貧乏でね。

内田　ダンナさんは何をされていたの？

中野　当時は美大の非常勤講師、今は大阪芸大の准教授になったんだけど、平日はだいたい大阪にいて週末だけこちらに帰ってくる。

内田　あら、週末婚！　いつまでたっても新鮮でしょ。

中野　ケンカにならないよね。私がケンカを売ろうとして「頭悪いんじゃないのっ」とか言うと、「僕が今悪いのは腰だよ」と返ってくる。

内田　（爆笑）。ダンナさんは人生の上級者だ。

中野　そもそも言葉がちょっと変で、「パシフィコ横浜」が言えなくて必ず「パフィシコ横浜」になる。「タヒチ」と「ヒタチ」もよく入れ替わるし。

内田　愉快だけど、脳の構造的には大丈夫なのかな？（笑）

中野　言語野に明らかに変なところがあるよね。他にもいろいろ変わったところのある人で、私でなければ結婚できなかったと思う（笑）。

別れて楽になろうと話し合っていたら

内田　うちは結婚後しばらくして、離婚を考えていたの。

中野　え〜〜〜〜っ。どうして？

内田　私は母に言われて年に一度、父に会いに行く慣習があって、十五歳のときに会いにいくと、父が制作した映画に出演していた本木も偶然その場にいて。翌年再会する機会があり、その後、私はスイスの高校に行っていたので、エアメールのやり取りが始まって、この文通がいわば恋愛期間。

中野　きゃ〜。

内田　結婚した日に「初めまして」っていう感じだった。だから恋愛の延長の結婚生活を勝手に夢見ていたところがあって。文通では好きなことをお互い書くだけだから、いいところしか想像してない。ところが！

中野　いきなり現実がやってくる。

内田　そう。例えば私は欧米式の中で育ったからハグとか日常的にしていたけど、ダンナさんはそういう習慣がなかったり。食べ物の好き嫌いもかなり違って驚いたし、何事も私はポジティブから、彼はネガティブから出発する違いとか。私は何でも共感したいタイプで、彼は感性が異なるところが面白いと思うタイプ。そんな些細なことも、お互いの価値観をすり合わせて真ん中を取るっていうことのフラストレーションがすごくあって、結婚とはこんなに妥協の連続なのかと思った。

二十歳そこそこの私にはあまりに難解で、残念だけど別れて楽になろうと話し合っていたら、子どもを授かったことがわかった。それで、もう少し続けてみようと思い留まった。〝子ども〟という家庭内の別の存在が現れたことで、それまで互いに向かい過ぎていたエネルギーが分散されて、すごく風通しがよくなった。「子は鎹《かすがい》」を地でいく……って、なんか切ないけど（笑）。

中野　そうかな。いい話だけど。

惰性で夫婦でいるのがしっくりくる

内田　惰性で今も夫婦でいるのかもしれない。でも、その惰性がとてもしっくりくる

内田也哉子19歳。本木雅弘と明治神宮で挙式後、囲み取材にて。

し、今では子どもが側《そば》にいなくても、ふとした瞬間に多幸感を覚える。結婚当初の未熟さを思えば、お互いよくここまで続けてきたね、と労《ねぎら》う感じはもはや老夫婦の域かも（笑）。

中野　そういうの素敵だなあ。私、惰性というのは大事だと思っているの。「惰性で続いている」というのは収まるべきかたちに収まった、という意味でしょう。水を流すと溜まるべきところに溜まるでしょ。そういう生き方を目指すべきなのではないかと思うのね。

内田　自分の意思だけではなく。

中野　自分の意思で水を止めたり、無理のあるところに溜めようとしたりしても、あまりいいことが起きないような気がする。これがブラックホールの原因なんだと思う。押しとどめたいと思っても、押しとどめようと無理をした結果、ブラックホールができたり気づいたりしてしまうのなら、無理するのはやめようと思った。みんなが望んだかたち、みんながこれがいいと思っているものをもっとよくとらえて、それに沿ったかたちで生きようと思うようになった。

内田　そうしたら、それまで無理をしてできてしまったブラックホールが緩和されたの？

中野　そうだね。余った五十年が虚無だと思いにくくなった。五十年はボーナスなんだと思って、ちょっと明るい気持ちになった。

内田　素晴らしい気持ちの転換！

中野　私が今生きているということは誰かが必要としているから生きているんだなってどこかで思えて、それが自分を奈落から引き上げてくれる蜘蛛《くも》の糸になる。

内田　それはもしかしたらダンナさんと出会ったことかしら。

中野　確かに、それまでの私だったらブラックホールで本当に死にたくなっていたと思うんだけど、ダンナさんはそういう氷のようなものを溶かしちゃう電気毛布みたいな人で。

内田　もうちょっとかっこいい言い方しません？（笑）

中野　（笑）。ほのぼのと温かい遠赤外線とかかな？　ダンナさんから伝わってきて、氷を溶かしてくれたと思う。

内田　イメージが湧いてきた！

中野　ありがたや。私はダンナさんが三人ぐらい彼女つくってもいいと思ってるよ。

内田　でも、本当に三人ガールフレンドいたらどうする？

中野　ダメな感じの女性だったらすごく嫌だと思うんだけど。

内田　面白い女性だったら？

中野　ああ、さすがダンナさんが選ぶ人だけあるよねと思う。

内田　本当に受け入れそうで怖い。ダンナさんに「私のどこが好きなの？」とか聞いたことはある？

中野　結婚してしばらくの間は聞くこともあったけど、あまりにも要領を得ない回答なので、もう、いいやって（笑）。

内田　わかるわかる（笑）。どうでもよくなってくるのよね。でも、欧米人の友人たちは、私のダンナさんがベタベタしたり距離感が近かったりするのは苦手だと知って、「パートナーシップで最も大事なところがズレていて大丈夫？」と心配します。

中野　いやあ、ここは欧米の人に問い返したいのだけれども、では欧米の離婚率は日本より低いのかといったら、高いんだよね。ハグやキスといったスキンシップを大事にしていても破局を迎えるのだから、あまり意味がないんじゃないのかと言いたい。

内田　確かにロジックが通ってないわ。

中野　重要なことはほかにあるのではないかと思うんです。

内田　それって何だと思います？

中野　大切なのは、相手が自分にリスペクトと好意を持っていてくれると信じられることだと思う。その人がどんなに大変な人であったとしても、それさえあれば。

内田　なんだかまた、うちの両親が思い浮かんだ。

番外編

中野信子の人生相談に内田也哉子がお悩みを投稿

心理学と脳科学の違いは？

内田　中野さんの『週刊文春WOMAN』の連載「あなたのお悩み 脳が解決できるかも？」を読んだり、出演されている『ホンマでっか!?TV』を観たりしていて、ふと疑問に思ったのだけれど、心理学と脳科学の境界線って何なんでしょう？

中野　心理学にはサブカテゴリが何種類かあって、「実験心理学」とか「臨床心理学」とか、他にもいわゆる精神分析をやる心理学という領域もあったんです。

実験心理学というのは、「人間がこういう時にこういう行動パターンを取る」というようなことを動物実験などで分析していくものなんだけど、これが脳を見るということはしないにしろ、比較的脳科学に近いイメージかもね。

臨床心理学というのは、診断名のつく人や自覚的に辛い人に対して「こういうアプローチで治療していきましょう」という方法論的なものです。

ただ本流の心理学は、質問紙と統計処理で丁寧にやってはいるけれど、言ってしまえば「権威のある人がこういうふうに見立てています。だからそれを現実に適用していきましょう」という考え方もまだあるかなあ。こういう姿勢は、そもそも自然科学ではなく、人文科学の一つで哲学の延長みたいなものです。

一方、生理学が脳を対象にするようになって、人間の脳というものは、ものを考えるところらしいということがわかってきた。そうなると、心理学と脳科学が近寄ってくるわけです。ただ、脳科学は生理学の延長だから自然科学の学問なんだけど、心理学はそもそも哲学の延長だから、考え方の仕組みが違っている。

内田　根本が違うんですね。

中野　「反証可能性」があるかないかが大事な要素なんですけど、聞き慣れない単語だと思うので説明しますね。

例えば「私の夫はイケメンである」と言ったとしましょう。これは真か偽か。「写真を見せろ」とか、「会わせろ」とか、第三者から見てイケメンであるかどうかとか、判定できる何らかの材料をよこせということになりますよね。これが提供できて第三者から見てわかる材料がある状態を「反証可能性がある」という。つまり、反証というのは、「イケメンではないじゃないか」と反論できる材料。これがないと、「反証可能性がない」。

で、自然科学である脳科学では、反証可能性がないといけない。

内田　では、人文科学は反証可能性がない学問だということ？

中野　「お釈迦様がこう言った」「孔子がこう言った」「老子がこう言った」「尊師がこう言った」「プラトンがこう言った」、だからあなたには反証の可能性はない、という学問だね。

内田　そうかそうか。誰もがこの語られているものを信じるところから始まるのね。

中野　「ハーバード大学の○○先生がこう言った」とか。心理学はもともと人文科学だったんだけれど、最近は実験科学的なことをやる人たちもいるので、人文科学と自然科学の間にいるのが今の心理学なんですよ。

私は反証可能性を大事にしたいと考えていて、自然科学の立場で七年間、メディアでの活動をやってきたんですけど、いま八年目に入りまして、みんなの心に刺さるのは人文科学寄りのほうだということにようやく気付き始めた。単純に言うと、自然科学は論理、人文科学は権威。論理よりも権威が好まれるのね……。

トランプの話をなぜ聞いてしまうのか

内田　そうなの？　でも、権威は論理をもとに権威になったんじゃないの？

中野　そう思うでしょう？　必ずしもそうではないんですよ。ある人に権威がある背景って、みんなに人気があるからとか、目立っているからとか、美しいからとかそんなもの。

内田　権威たるものって、そんなことなの？

中野　意外にそういうものが本当に権威化しているっていうところがね。例えば、アメリカのトランプ大統領（対談時）って、ちょっと失礼な言い方ですけど、論理としては時にまったく破綻していたりすることがあるじゃない。でも、不思議と耳目《じもく》を集めて、みんなが話を聞くでしょ。

内田　ああ、そうか。わかりやすさを求める。

中野　そう思うんです。だから私は、相談に答えたりTV番組で解説したりする際は、「論理」とわかりやすい「権威」とを混ぜて伝えるようにしています。

内田　なるほど。中野さんに『週刊文春WOMAN』の連載方式でお答えいただけたらと思って、実は相談を二つ用意してきました。

【あなたのお悩み 脳が解決できるかも？　中野信子の人生相談――内田也哉子からの相談】

Q1　人恋しいのに少し遠くにいてほしい

幼いころ、人と一緒にいたいと切望しているのに、家には誰もいないという寂しい思いをしてきました。今でも私は人恋しくて、でも、いざ人と会うと、会った後からドッと疲労感が襲ってきます。そのため、自分から気楽に友だちを誘うことができなくなってしまいました。また、人が大勢いるところに行ってみると寂しい気持ちを埋められるかといえば、むしろ大勢のなかで感じる孤独のほうが辛くて、ああ、来なければよかったと後悔します。

　家の一階に例えば家族とか、心許せる誰かがいて、私はその誰かの気配だけ感じながらひとりで二階にいる――これこそが最高のシチュエーションに思えますが、そう都合よくいつも一階に誰かがいて、なおかつ私をいつまでも二階に放っておいてくれるはずもありません。

　どうしたら私は心の平和を得られるのかと考えあぐねています。

A1　生命を維持するには利己的になるのは当然

「也哉子さんの気持ち、よくわかる」という方はたくさんいるでしょう。也哉子さんは多くの人の心にある澱《おり》を掬《すく》い上げられる、繊細さと鋭さを持ち併せた方なんだなと改めて感じます。ひとりの空間を確保したい。けれど、でも孤独は嫌だという**ダブルバインドは不安定な感じがして不快かもしれませんが、実はヒトの特徴**でもあります。

この二つの気持ちのどちらかにフタをしたり、あるいはその矛盾そのものをスルーしてなんとなく生きている人も多いのですが、さすが也哉子さんというか、やはり心の動きを丁寧に見る力が非凡なんだなと思います。

人間を含めた生物にとっての最重要課題は、自身の生命の維持です。そのために捕食し、自分の身を安全に保つ場所を確保する必要があります。このように**己を利する行動は必ずとらなければ**いけません。

一方、食べ物や場所をシェアすれば自分の取り分が減ります。しかし、集団でいるほうが外敵に襲われる危険が低減でき、生存できる可能性が高くなる。集団でいるメリットは大きい、となると利己の機能を少し犠牲にしなければならないわけです。孤独がストレスだというのは、つまりヒトが無意識に身を守ろうとする防御反応のようなものです。

とはいえ、集団に合わせるには利己の機能を削らなければならない。誰もがこの両方のストレスを抱えています。孤独であることによるストレスをストレスAとし、集団に合わせるストレスをストレスBとすると、孤独を嫌う人はストレスAのほうが大きく、集団でいることを避ける人はストレスBのほうが大きいということになります。

ストレスAとBのどちらを強く感じるかは、**生後六カ月〜一歳半までの間に決まる脳の機構が影響**している可能性があります。幸せホルモンとしてお馴染みのオキシトシンという物質は、脳で作用すると自分の近くにいる個体に愛着を感じるようになります。そのオキシトシンの受容体の脳内の密度が、この時期に決まるのです。

精神科医・心理学者のボウルビィが満一歳児で実験したところ、

①母親と引き離しても泣かず、再会しても母親に対して無関心な赤ちゃんがいました。このタイプは「回避型」といわれ、脳科学的にはオキシトシンの受容体の密度が低く、他者への関心が薄い。孤独を好む、ストレスBのほうを強く感じるタイプです。

②母親と離されると泣き、再会するとホッとして母親に抱きつくのが「安定型」で、約六〇%の人がこのタイプです。

③母親と離されると激しく泣いて混乱し、再会してもなお激しく泣いて「どうしていなくなったんだ」と訴えるのは「不安型」で、ストレスAのほうを強く感じるタイプです。このタイプは常に誰かを必要とし、相手の愛を確かめようとしたり、裏切りを許さなかったりします。

④回避型と不安型を行ったり来たりする「混乱型」もあります。

生後六カ月～一歳半の受容体の数で決まった**タイプは生涯、九〇%は変わらない**といわれますが、ということは**一〇%は変えられる可能性がある**わけです。実際、私は明らかに回避型で、ひとりでいる時間を必要とするタイプではありますが、もう少し人を信頼するようにしようと意識し、ひとりの信頼できる人（ダンナさんです）に出会えて、だんだんほかの人も信頼できるようになりました。

樹木希林さんは組織に属さずにひとりでお仕事をこなされて、ご家族とも、夫とさえも自分で納得できる距離をもって暮らし、言いたいことを言って、それで誰かが離れていけばいったで気にしなかったそうですね。カッコいい回避型だったのかもしれません。

Q2　カーッとなる自分を抑えたい

知性は母親から、情動の部分は父親から受け継ぐと伺いました。滅多に会わなかったのですが、会うときには三十秒おきに怒っていた父の情動のＤＮＡを確かに私は受け継いでいます。癇《かん》のセンサーとでもいうものが過敏に発動するようで、子どもが何かガシャーンと壊そうものなら、カーッとなってワーワー怒ります。何度言っても聞かないときなどは、さらに激しく怒ります。私は父を反面教師とし、カーッとならずに上手に叱る大人になりたいと思っているのですが、うまくできません。

A2　メタ認知も共感も。脳は三十歳までは未完成

私にも同じ傾向があります。私は公の場でブチ切れてしまい「中野さん、ロックですねえ」と目上の方に優しくたしなめられて、ああ**私のキレ方は未熟**だ、と大いに反省した経験があります。

キレそうな自分を抑えるのに必要なのは「メタ認知」です。**自分の思考や情動を俯《ふ》瞰《かん》の目で眺める**ことです。メタ認知ができれば行動を制御できます。私はカーッとなりそうなとき、その「ロックですねえ」を思い出します。すると、ああ、これはブチ切れてはいけない場面だ、とブレーキをかけられるようになりました。時々失敗しますが、ぜひ、カーッとなると思い出す何かを、感情に紐づけておくことをお勧めします。

脳にはＤＬＰＦＣ（背外側前頭前野）という領域があります。ここがメタ認知もするし、

状況を読んで損得の計算をするところでもあるのです。計算というのは、例えば、いまカーッとなって爽快感を得るのと、カーッとする気持ちを抑えるのとでは、長期的に見てどちらが得なのかという計算です。

ただし、**ＤＬＰＦＣは三十歳ぐらいまで成長が続く**ということがわかっています。**即ち、それまでは未完成。**ここが未完成のうちは、ゆっくり考える、自分を見つめる、がまんするということができません。ついつい子どもに向かって「何度も言ってるでしょ！」と怒ってしまいがちですが、子どもにしてみればＤＬＰＦＣが未完成だから、言われてもよくわからず、まだ判断できないことが多いのです。わからないので、怒られたという記憶だけが残ってしまったりします。

また、脳のＯＦＣ（眼窩前頭皮質）という部分は「共感の領域」といわれ、相手の持っている感情に寄り添うところです。ここも同様に成長が遅いので、お母さんがこう思っているだろうな、こんなことをしたら嫌だろうなと察することは、子どもにとってはかなり困難です。

ＯＦＣが未完成のうちは、相手の気持ちがよくわかる人としてどういう行動をとればいいか、大人が見本を見せる必要があります。でも、親も二十四時間、三百六十五日、完璧なロールモデルたるのは困難なことです。ですから、子どもが三十歳になるまでは、**未完成であることを許す気持ちが試される**試練の時なのかもしれません。

第3章

出産、子育ては女が担うものなの？

二人が対話を続けた二〇二〇年は、新型コロナウイルスに世界中が苦しむ一年となっていった。二月末に要請された小中高の一斉休校、四月の緊急事態宣言以降、ステイホーム生活で、日本の家族のありようも変化した。五月、二人の自宅をオンラインで結んで、三回目の対談を行った。

コロナ禍で変わる内田家、変わらない中野家

内田　今回はコロナ対策により、リモート対談です。で、中野さん、その濡れた髪、首に巻いたタオルは？

中野　久しぶりに也哉子さんにお目にかかるので身支度を整えようとシャワーを浴びたのですが、メイクまで間に合いませんでした……。

内田　素肌がぷるぷるで美しいです。ダンナさんは大阪芸大の先生で週末だけ東京に戻るとのことでしたけど、その生活スタイルはコロナによって変わりましたか。

中野　基本的には今までどおりですね。ダンナさんは大学が休講中なので、週一〜二日は横浜に借りている気楽な部屋で過ごし、ときどき大阪の職場に行って、残りは都内の私の部屋でギターとか弾いています。

内田　横浜と東京ってあまり距離がないけれど、それでも横浜に部屋を借りているんですか。

中野　彼が言うには、横浜は東京より花粉症になりにくいとか。でも花粉の時期を過

ぎても横浜にいるのはなぜなんでしょうね……。横浜の気分が好きなようです。内田家はいかがお過ごしですか。

内田　三月からいちばん下の子どもの学校が臨時休校になって、インターナショナルスクールなので九月までもう授業はないんですよ。もう、どうしたらいいの（笑）。子どもを勉強も含めてエンターテインさせるのも工夫が要るし、すぐ飽きちゃうし、私もイライラするし、家には嫌な空気が充満。

中野　ああ。そうなりますよね。上のお子さんたちは？

内田　長男は日本にいましたが、長女はニューヨークの大学に通っているんですね。留学生は割と早い時期に帰国させられたので、こちらで時差と格闘しながらオンライン講義を受けています。学生寮が医療従事者の方たちの寝泊まりに使われるので、部屋を空っぽにして出てきたんですって。

中野　まさにコロナの渦中で戦っている人たちのために。

内田　そういうわけで久しぶりに家族五人、家の内にギュッと閉じこもっています。私はママ友たちと手分けして、児童養護施設の子どもたちのマスクを作ったり、ポリ袋で看護師さんたちの簡易ガウンを作ったり、人数がどっと増えた家族のご飯を三食作ったり。
中野　私は一人のときはなんだか料理する気になれなくて。お風呂も入る気がしなくなったり。
内田　お風呂に入らない件はコロナと関係ありましたっけ？（笑）
中野　関係あるのですよ。人と会わなくなってしまったから。
内田　そうか。私もたまにスーパーに行くだけだし、確かに、誰かと会うから身支度するという感覚がなくなってしまいましたね。
　さて、子どもたちからぜひ中野先生に質問してくださいと頼まれました。「先生、脳に影響を及ぼすウイルスはありますか？」。
中野　あります。中枢神経系にかかるウイルスではポリオが有名ですね。そういう話ではないかな？（笑）　でもまずはここから。これは神経系が全部やられてしまい、脳の運動神経を司る部分に感染すると麻痺などを起こします。いわゆる小児麻痺です。
内田　新型コロナウイルスは特別に異様なウイルスなんですか。
中野　実はそうでもなくて、ＳＡＲＳ（重症急性呼吸器症候群）もＭＥＲＳ（中東呼吸器症候群）もコロナウイルスの一種です。私は対処がきちんとできさえすれば、必要以上に怖がることはないという意見です。とはいえ重症化しそうだ、となったらすみやかに救急医療を受けることができる体制づくりは急がれますよね。症状の進行が早く、あっという間に亡くなってしまう。これが怖い。呼吸が不能になる苦しさは想像するに余りあります。

中野信子のデスノート

内田　コロナで亡くなった方は極めて短い時間で死に至った、家族も寄り添うことができずにひとりで亡くなったと聞いて、「死」とか「逝き方」について考えさせられました。もちろん、逝き方なんて自分では選べないものだけれど。

中野　私は突然、気づいたら死んでいたという感じがいい。まあ死んだら気づかないのだけど。でも、洗いかけのパンツとかデスノートとか見られたら絶対に嫌だ。

内田　……洗いかけのパンツは私も嫌だけど、デスノートは持ってない。

中野　何か嫌だなと思うことがあった日は、じくじく考えるのが嫌なのでデスノートにつけているんです。そこに書いてしまったら、もうそれきり考えない。そして後でお焚き上げをする。これは私が変な人だからやっているのではなく、やるだけの効果はあるんです。

内田　そうやって発散になるわけね。嫌なことはいつまでもフラッシュバックしてしまうから声に出して言いなさいと教えられたことがあります。声に出すのと、ノートに書くのと、どっちがいいの？

中野　どちらも効果はあると思う。アウトプットするということが重要なので。つきましては……也哉子さんはホドロフスキーとか観ますかね。YouTube のリンクを送りましたから、ちょっと観ていただけますか。

内田　はい、観てみますね（アレハンドロ・ホドロフスキー監督『ホドロフスキーのサイコマジック』予告編を観る）。

……これはちょっとシュールで怖い映像ですね。ウェディングドレスの女性がひたすら墓地を歩いているシーンとか。

中野　彼女は結婚式の前日に結婚相手が飛び降り自殺してしまったという女性です。その理由がわからずに何年も苦しんでいたんですよ。ホドロフスキーは彼女に花嫁衣裳を着せて婚約者の墓参りに行かせる。教会でその抜け殻の花嫁衣裳を捧げた後、スカイダイビングで彼と同じように飛び降りるんです。

内田　それで前向きに生きる、自分の内のいろいろなストレスとかトラウマを克服することができる。ホドロフスキーはそう考えているんですね。彼は映画監督でもあり、精神科医でもあるんですか？

中野　精神科医ではないけれど、本人がサイコマジック、スペイン語ではサイコマヒアと呼んでいる癒しの行為を「芸術」として展開しているんです。マジックにも造詣が深くてセラピューティックなことをするんですよ。

　大きなカボチャの表面に、ずっと自分を無視し続けてきた父、母、姉の写真を順に置いて、ハンマーを振り上げて「俺の話を聞け！」と叫びながらガンッ、ガンッって割っていく男性のシーンがありましたよね。その後、男性の顔が憑き物が落ちたようにすっきりするんです。

内田　彼は家族への怒りを多少は克服できたんだ。自分が誰かに「あんなことをされた」という憎しみの思いを燃やすとき、その誰かが他人である場合と血縁者である場合とでは、エネルギーの大きさが違う。きっと血縁者のほうが大きいし、思いもずっと引きずる。それは自分だけでなく、人間に共通する普遍的なものなのだと私が理解したのは、最近、中野さんの『毒親』（ポプラ新書）を読んだからなんです。前回の対談のときにちょうど執筆中でしたよね。どうしてこのテーマで書こうと思ったんですか。もしかして、ずっと温めていたテーマですか。

日本の母親は誰しも毒親予備軍

中野　一口に言うのは難しいのだけれど、人間はどうして苦しんで子どもを産むんだろうと思ったの。昭和の価値観の中で私たちは育ったでしょ。母親はどうしてこんなに義務を背負わされて、性別非対称的に子孫を繁栄させる役割を担わされているんだろうという疑問が子どもの頃からあったんです。そのしわ寄せが次世代に、そのまた次の世代にと、綿々と受け継がれていくわけでしょう。

内田　過剰な義務となってつい、毒親にもなっちゃいますよね。誰しもが毒親になる可能性があるし、自分も意図しなくても毒親になってしまっていることがある。私は心当たりがあり過ぎて、もう子どもたちに土下座したい気持ちになる。

中野　私だって条件さえ整えばきっと毒親になってしまう。そういう「自分は毒親なのではないか」「毒親になるのではないか」と怖れている人たちは、その業から解放されてほしいと思った。完璧な人間なんていないんだから。

不完全な人間が人間を育てるというこのシステムの脆弱性を、どう手当てできるのだろう。そう考えると、プロの「育てるスペシャリスト」が、養育者という役割を担うほうがより良いのではと思ったんです。つまり、子どもを育てるのは親ではないという社会を思考実験的に考えてみたいと思った。

内田　欧米では昔からそういうシステムがありますね。

中野　日本でも身分の高い人がそうだったでしょう。産む人と育てる人が別だった。

内田　うちの長男と長女は十二歳で欧州のボーディングスクール（全寮制の寄宿学校）に入れたんだけど、それは特に長男のとき、私たち夫婦が過干渉だったからなんですよ。初めての子だから、ちゃんと育てられているのかという不安も重なって、いちいち子どものやることに口出ししているうちに、すごく萎縮する子どもになっていた。それを母が見ていて、「とにかく一刻も早く海外に出しなさい」と言われたのがきっかけでした。

中野　希林さん、さすがですね。

幼くして家庭の外に飛ばされた私たちは

内田　私自身も九歳でアメリカの学校に飛ばされています（笑）。日本にいたときもよく親戚や知り合いの家に預けられていたので、いろいろな家庭に育てられていたようなものですね。そうするとまず、子どもながら遠慮を覚える。そして、この家のお父さん、お母さんはどういう価値観なのかとか、子どもたちがどういうキャラクターなのかとかわかってくる。それを母は「いちばんの社会勉強」と言っていたけど、私は自分の居場所がないように感じて、今思うと不安を抱えた子どもでした。

中野　よくわかります。私も十二歳で親元を離れて父方の祖母の家に預けられ、行ったり来たりして育ったから。やはり家のカルチャーが違うということに、子どもとしては面食らってしまうんですよね。

いろいろな価値観の中でもまれるということは、知能を伸ばすにはいいとされています。でも、愛着の観点から見ると、人間関係を回避しがちになったり、逆に、この人はと思ったらしがみついてしまったりするようにもなるジレンマがあるんですよ。

内田　だから養育者というのは、それは親ではなくてもいいんだけれど、あまり何人も替わるということではないほうがいいのでしょうね。

中野　特定の養育者がいる、ということが大事だと考えられていますね。

内田　その点、ボーディングスクールは少人数の生徒がハウスに暮らし、養育に長《た》けたハウスマスターが付くから、プロが育てるという理に適《かな》っていたわけですね。私たちはそこまで考えて入れたわけではないけれど。

　ボーディングスクールに入れるまでの自分の子育てを振り返ると、十九歳で結婚して、二十一歳で長男、二十三歳で長女を産んで、その頃は、どうしてこんな繰り返しの遊びに何時間も付き合わなくてはいけないのよ、せっかく作った離乳食をなんでベーッと吐き出しちゃうのよ、といら立ちと闘いながら育てている感じでした。

　いちばん下の子は三十四歳で産んだので、もう少しリラックスして子どもを見ることができた。中野さんに教えてもらった「脳は三十歳ぐらいまで未完成なのでそれまで的確な判断ができないし、人に共感もしにくい」ということを身をもって実感しました。

脳が子育てに適した状態になるのは四十代

中野　人間は身体と脳の発達のバランスもあまりよくないですよね。身体が生殖に向いているのは二十代かもしれないけれど、脳が子育てに適した状態になるのは四十代ぐらいだということを示すデータがあります。

内田　そうなんですよ。だからもし、子どもたちに聞かれるようなことがあったら、結婚はあまり早くしないほうがいいと言おうと思っています（笑）。中野さんは、子どもを欲しいと思ったことはあるんですか。

中野　思ったことはなくはなかったけど、結婚したらダンナさんとの時間のほうが大事になって、あまり子どもを欲しいと思わなくなってしまった。

内田　もっとストイックなポリシーがあるのかなぁ、なんて？

中野　あると言えばある。でもちょっと言いにくい。

内田　できれば聞いてみたいなぁ。何も深く考えず流れに身を任せ、三人も子どもを作った者としては。

中野　私のように社会通念に対していつも疑問を持っていて、それに対してアンチの気持ちを忘れずにいる人間の子どもなんて、絶対犯罪に走るのではないかと思って。

内田　そ、そんな……。きっと感受性が強くて理知的な人だからこそ、そこまで深く客観性を持っていられるのかな。私はつくづく鈍感だったし、二十歳そこそこで、生殖と社会について何も考えていなかったなぁ、恥ずかしながら。

中野　いやいや。考え過ぎると子どもって作れないようになっているから。恋愛をするときは理性が働かなくなるでしょ。「この人好きだな。この人の子どもが欲しいな」と思うのは、理性と違うメカニズムが働くんですよ。

　人間は理性を働かなくさせるという有性生殖の仕組みを何万年も保っているのにもかかわらず、それでも理性も大事という。でも、

結婚から２年、長男UTA０歳の初めての正月を祝う内田也哉子。21歳の母は初々しい。

理性偏重では子どもを作らない個体が大多数になってしまう。子孫繁栄を考えるのなら、なぜ理性のほうが大事だと多くの人は考えているんだろう。私はこれがずっと不思議なんですよ。

母親がお腹を痛めない出産

内田　中野ワールドの理想の子どもの産み方は？

中野　それはこれです。フォトニュースを送りますから、見てみてください。

内田　米フィラデルフィア小児病院で「プラスチック製『人工子宮』でヒツジの赤ちゃんが正常に発育」。うわ〜、羊の胎児が真空パックみたいになっている。人工子宮のバイオバッグに合成羊水と一緒に密閉されていますね。つまり？

中野　百年後ぐらいになるかもしれませんが、ヒトの人工子宮もいずれ実用化されるでしょう。つまり私は、ヒトは自分の身体を使って子どもを産まないほうがいい、というかなりラディカルな考えなんです。こうすれば、親子がお互いに過剰な愛着を持たずに済む。愛は、環境が整わないうちは人類にとって子育てに有益なものだったけれど、人類は環境をかなり整えて、テクノロジーも発達させた。現代はもう、愛が毒になる時代が到来しつつある、と考えているんです。

内田　わぁ、なんとも興味深い！

中野　こういうことを言うと、也哉子さんはすごく知的に柔軟な人だから聞いてくれるけど、そうでもない人に言うと「子どもを産むというのは特別な経験よ」とまあ軽く五時間ぐらいは怒られてしまうでしょう（笑）。べつに産むな、育てるなと言っているわけではないんですが。向いている人もいれば向いていない人もいるのだから、無理して愛をこじらせ、親子共に苦しむくらいだったらテクノロジーを利用したらいいのでは、と言いたいんです。

孔子の好物は人肉だった？

内田　そもそも、子どもを産むとか産まないとか、なかなか話しづらいテーマになっていますよね。例えば、不妊治療の体外受精は私の友人も何人もやっていて、それをオープンに話せる場合もあるけれど、いまだにややセンシティブなマターでもあるようだし。

選択肢が広がるという良い意味で、出産が徐々に人間に都合よくなってきたわけです。一般的なモラル観、倫理観でいうと、親が子どもを育てないとか、さらには産むこともしないとか、今はタブー視されるでしょうけど、その新たな視点があるからこそ、現状の見直しのヒントにもなるしね。

中野　そのうち変わるでしょうね。タブーの概念というのは人間の感覚的に「これは許せない」というもので、あっという間に変遷するから。だって、戦で戦った相手の肉を食べていた時代があったわけでしょう。孔子の好物は人肉だったという説もありますよ。

内田　『論語』の孔子、礼や仁を重んじる儒教の祖が人肉を食べていた？　あっという間に変わることの具体例に紀元前の孔子が出てくるとは、中野さんはつくづくモノの考え方のスケールが大きい人だな、人肉が出てくるとは、さすがホドロフスキーを観ている人だなと思う（笑）。

中野　しばしば「ホドロフスキーを好きな女を初めて見た」って言われますよ（笑）。

コロナで家庭の負担が増えた女性たちに

内田　今また、ひと昔前のお母さんのように、女性がいっぱいいっぱいと聞きますね。コロナによって家庭の役割がすごく増えた。三食作ることに始まり、休校中の子どもの学校の勉強も見なければいけない。働いている人はリモートで仕事している。パートナーと分担できていればいいけれど、女性の負担が比較的大きくなっていて、実際、家で仕事なんかやっていられないって。

中野　一日二十四時間しかないというのは、コロナ前もコロナ後も誰もが平等で変わらないはずなんですが、配分が変わったのだと思うんです。

通勤にかかっていた時間は使えるようになったものの、家族の面倒をみる時間が増えてしまった。家事は多少なりとも普段からやっているでしょうから、特に子どもの教育にかかる時間が大きいですよね。これを母親だけが負担してるとしたら、きついでしょう。我が家のように女性のほうが圧倒的に勉強を教えるのが好きなのなら別ですが（笑）、そうでないのなら、その夫婦には対話が必要ですね……。

内田　うちの場合、普段から日本語の宿題はダンナさんがみて、それ以外は私の担当。今は帰国中の長女もよく勉強を見てくれます。そうして自然と人手も足りてなんとかやれています。

中野　素晴らしい！　本木さんと也哉子さんのように話し合って分担すべきなんですよね。コロナによって、学校を九月入学にしようかとか、今までの仕組みを変える原動力にしようとする動きがありましたよね。

　スクラップ・アンド・ビルドはこの国が得意とするところであって、コロナというのは、敢えて良い側面を見ようとするなら、仕組みをスクラップ・アンド・ビルドできるチャンスになるかもしれません。家庭では男性が、女性が受け持っている負担について見直す機会となればいいですね。

内田　それでもストレスを感じた日は、ノートに書いて燃やしてみる。

中野　書いて燃やしてスッキリすると、人に優しくなれるかもしれません。

内田　お母さんがこのごろ優しいなと思ったら、やけに毎日灰が残っている（笑）。

第4章

女をやめたくなったことある？

二〇二〇年五月末に全国で緊急事態宣言は解除されたものの、いっこうに終息しないコロナ。そんな中、相次いだ芸能人の自殺。この社会で自分の居場所を見つけるときに、家族は助けになりうるのか？　七月、五カ月ぶりにじかに対面した二人。家族について考えることは、自らの生き方を問うことにもなる。

コロナ禍で増える自殺

内田　昨日、三浦春馬さんが亡くなりました。面識というほどの面識はないけど、あんな好感の持てるまだ三十歳の若者が自死したことに、心が塞がれたままです。

中野　うん……。自殺するにしても、死を確実に達成するにはいろいろ準備しなければいけないから面倒なはずなのです。衝動的ではあったかもしれませんが、強い意志があったのだと思います。本当に痛ましいです。

内田　生物は生き延びるためにプログラミングされているのだと、前に教えてもらったじゃない。

中野　でしたね。ただ、生き延びるというのは実はひと通りではないんですよ。死にたいというのは、本当に死にたいのではなくて苦しい状態で生きているのがもう嫌だ（本当は生きたい）という意味なのかもしれない。確かに自分の個体が生き延びるという意味では自分で死を選ぶというのはそれに反している選択肢だけれど、「生き延びる」の意味が「自分の遺伝子が生き延びる」ということだったら、子どものために自分が犠牲になって死ぬということも長い歴史を見ればあったわけですよね。集団の遺伝子を残すのであれば、自分が犠牲になることで集団が生き延びるんだったらそれで良しとするという考え方もありますよね。生き延びるとは何なのかという範囲によって、自分の命が絶たれるというのがチョイスとして出てきてしまうんです。

内田　自己犠牲か……。

中野　自殺するのは人間だけだといわれてはいるけれど、自己犠牲的な自死が他の生物にないとは言えない。

　さっきも触れたけど、この先何十年もこの苦しい生活が続くのかと思ったら、生きる気力をなくしてしまうということはあり得るとは思う。ずっと先のことを考えられるのは人間だけの特徴なので、その理由での自殺というのは人間だけなのでしょう。

　私は大学二年生の時に、親しくしていた三年生の女性の先輩がいて、この人はすごくかわいいし、竹を割ったような性格で、頭もいいし、素晴らしい人だった。でも、国I（コクイチ。当時の国家公務員I種試験）を受ける前に阪神・淡路大震災が起こり、彼女は志の高い人だったので、ボランティアに行ったんです。今みたいにボランティアが単位に振り替えできる制度なんてないから、当然、成績は下がったし、試験にも落ちてしまった。「八月に入ったら会いましょう」と約束していたのに、八月に入ってすぐにかかってきた電話は、彼女が亡くなったという報せだったんです。

内田　自殺だったのね。

中野　うん、ショックでした。死ぬ理由なんてどこにもない。何もかも順風満帆に見えたのに。今生きていらしたら、すごく活躍していたと思う。彼女の死を思いながら、私は死んではいけないと思った。生きていくのがしんどくて、今日生きているのもやっとだ、でも、取りあえず石にかじりついてでも生き延びて、やり過ごして、風がやんだらまた進もうと彼女のことを思ってがんばったことがあったんです。

内田　どんな人でも人間のつながりがあって生きている。人が命を絶つということは、想像を絶するダメージを周りにも与えているわけよね。どうしたらそういうことを止められるのだろう。あまりにももったいない。もったいないことをみすみす見過ごすのは本当に切ないです。

中野　そういうメッセージを発していきたいね。いろんな人に届くように作品もつくりたい。

　もったいなさが自分でわからなくなるんだよね。本当に、少しでも止めたいよね。

時々思うんですよ。「先輩だったら今、話題になっているこの記事をどう思うのかな」とか。

九十九人の絶賛より一人の攻撃が応えてしまう

内田　私は身近な人の自死はなくニュースで聞くだけだけど、それでも自分にも何かできないのだろうかと考えてしまう。脳科学的な視点で、何かわずかでも助ける手はないのかしら？　何でも脳科学に求めてはいけないと承知はしているのだけれど。

中野　それに関しては残念ながら脳科学は無力で、むしろアートのほうに可能性があるかも。前回紹介したホドロフスキーのサイコマジックみたいな。ただ自殺の原理は、脳科学で説明できると思う。たぶん、三浦さんはすごく真面目な人だったんでしょう。すごく真面目な人というのは、一増えるハッピーよりも一増える苦しさのほうをずっと大きく感じるの。九十九人が絶賛しても、一人が攻撃してきたとか、ちょっと皮肉を言ったとか、それだけですごく大きく感じてしまう。そういうこともあるんですよ。そんなに感じやすいなんて大げさだとか、またこのことも非難する人がいるかもしれないけど、そういうこともあるんだとしか言いようがない。
ただ、そういうものなんだということを知っていてもらうことが、助けになった可能性はあったと思うんです。「一けなされても九十九褒められているじゃないか」と、意思の力で、そのネガティブに沈んでいくところを冷静に考えることはもしかしたらできたかもしれない。それだけは知っていてほしかったと思うんですけどね。今、苦しんでいる自分は不当に苦しめられ過ぎなんだと。

内田　九十九ポジティブがあるという事実と、ポジティブがあればネガティブもあるという事実。それはそれだと思うことが第一歩でしょうね。中野さんはそういう、ちょっと負のエネルギーに負けそうになる瞬間はある？

脳は環境でモードが変わる

中野　冬から春にかけて、ぜんぜんダメだなという時期があります。そういうときは海に行って、潜って、ダメなものを流して、生まれ変わって帰ってくるの。

内田　そうだよね。そういうものをみんな、何でもいいから、ささやかでもいいから持っているといいのね。

中野　それが子どもの存在だという人もいるし、私の知り合いには、落ち込んだら料理をしてたくさんご馳走を作るという人もいます。

内田　好きなことをしていると、他のことは忘れる。とらわれた気持ちがスッとシフトチェンジできるからいいんでしょう？

中野　私たちは脳が何でも全部決めていると思いがちだけど、そんなことはなく、脳は環境ですごくモードも変わるんです。例えば、東京にいるのとロンドンにいるのでは何だか感じ方も考え方も変わるでしょ。違う自分になる。その違う自分になったときに東京の自分を見ると、ああ、ちょっとつまずいていただけだなということに気づいたりするじゃない。

内田　本当に行き詰まっちゃった時はとにかく物理的に、部屋にいたら部屋から出る、どこか遠いところにドライブに行って、山や、海でも見るとか、そういうことをすると脳も少し変わる？

中野　変わる変わる。一回死んでみるというやり方もあります。

内田　え〜、またシュールな世界に私を連れていくの？

死を疑似体験してみるという方法

中野　神田橋條治という精神科の先生が考えた、一回死んでみるという方法があるんです。自分の身体の緊張を解きほぐしていくために、「左手がだんだん重くなります。力が抜けてきました。左手が温かい」とかいって行う自律訓練法というのがあるの。その先生は、うつの人が死ぬことを決意するといったん元気になるという現象に着目したんですよ。

内田　だから本当に死んでみるのではなくて疑似体験してみるということね。素晴らしいアイデアだと思う。具体的には何をするの？

中野　死ぬことを決意している人がいたら、「じゃあ一回、一緒に死んでみようか」と横たわるのね。で、「あなたはもう死にました。今からあなたの肉体の肉がどんどん溶けていきます。腐って、溶けて、土に還《かえ》っていきます。今、だんだんあなたの体は骨になってきました。骨になって、日光にさらされて、どんどん白くなっていきます。白くなって、残った肉もどんどん干からびて落ちていきます。体をゆすって残った肉を全部落としましょう。あなたはきれいに白い骨になりました。好きなだけ死んでいていいですよ」。

内田　……あれ？　気持ちいいかもしれない……って言っていいのかしら。

中野　いいと思うんだよね。そしてまた、「そろそろ生き返りたくなりましたか？」というところから始めて、「だんだん溶けた肉があなたの骨のところに集まってきます。肉がだんだんかたちになって、ほら、指が動くようになりました。気力がみなぎってきたのがわかるでしょう。さあ、起きてください。あなたは生まれ変わりました」とやっていくんです。今、これを也哉子さんの声でやったらすごくいいだろうなと思った。

内田　日本は若者の自殺率が高いでしょう。

中野　高いんですよ。何とかしたいね。人間は生物の中で唯一、将来を憂えて命を絶つということがあるけれども、逆に想像力で死を体験することだってできる生き物なわけじゃない？

内田　そうか。そういう感受性の強い人だからこそ、その想像力をいいほうに使うのね。それでたとえ一人でも二人でも生まれ変わってくれるといいですよね。

中野　三浦さんは取り戻せないけれど、また苦しむ人が出ないように、私にできることをやっていきたいです。

親との葛藤が私をつくった

内田　さて「家族」をテーマに、私たちのトークも第四回を迎えました。これまでを少し振り返ると、初めに私がまず、脳科学的に見て家族における父親と母親の本来の役割とはどういうものなのかお尋ねしたところ、中野さんは「ない」と即答でしたね（笑）。

中野　そうでしたね。正確に言うと「定義されていない」ですね。可《か》塑《そ》性がある、と言い換えてもいいと思います。どんなに変わった父親、母親、夫婦でも脳科学的には〝あり〟です。

内田　別れて暮らし、たまに会えば怒号とモノが飛び交う。包丁を持ち出すほどのケンカになっても離婚しない。そんな夫婦でも生物としてはノーマルの部類に入ると知り、夫婦の子どもである私はどんなに救われたかしれません。

実は中野さんも子どもの頃、ご両親の関係や親子関係が平らかではなかったとのこと。ご両親はお二人とも信仰熱心なのに仲が悪く、口も利《き》かなかったといいます。その一方で団結を重んじたので、およそ団結するということが苦手だった中野さんは、どんなに成績がよくても認めてもらえなかったそうですね。

中野　例えば、科学の実験がしたくて「実験道具を買って」と頼んでみても、通じない。通じない方が当たり前かもしれませんが、親子間で関心領域が完全にズレており、互いに理解不能だというのは、これは不幸です。母も、娘の思考や関心領域についてまったく理解できなくて、実際不安だったでしょうし、成績が良ければなおさら怖かったでしょう。我が子ながらマッドサイエンティストみたいに見えていたんじゃないかな。

　そんな不安を親に与えるくらいなら、私はロボットに育てられたかった。汎用ＡＩ搭載のロボットなら、不必要な不安を抱かず、感情的に子の行動を制限することもなく、あらゆるデータを提供してくれる。学びを効率よく進めるには、最適な養育者だったでしょう。

内田　いいな、それ。親の側からしても、ちょっと大変なところはロボットに任せて、親は一緒にご飯を食べたり、遊んだり、いちばんいいとこ取りできますね。前回、出産や子育ては女が担うものなのかということを話しているうちに、人工子宮の誕生によって女が子どもを産まない未来がくるのではないかという話に至ったけど、今回は子育てにロボットが登場した。中野さんの豊かな発想に、いつも感心しきりです。

中野　だいたいは「また中野がおかしなことを」とスルーされるのですが、也哉子さんは聞いてくださる。うれしくて何でもお話ししてしまうんです。

内田　つい、プライベートなことも根掘り葉掘り聞いてしまうのだけれど、中野信子という人は脳の研究一筋でフランスにも留学し、それは順風満帆な人生だと勝手に思い込んでいたから、感慨深いものがありました。特に、中野さんがブラックホールを抱えていたなんて。それは私の母も抱えていたものだったので。

中野　私も也哉子さんのお話にびっくりしたことがいろいろあって、そもそも也哉子さんが十九歳で本木雅弘さんと結婚したときにその記者会見を見ながら、十代で結婚を決めるなんて、本当に潔い人だなあと驚いていたわけです。それが、結婚してしばらくしたら離婚の話し合いをしていたというのだから仰天しましたよ。

私は「おじさん」になりたかった

内田　「家族」をテーマに話していると、私はどう生きてきたか、どう生きていきたいかという「生き方」について考えることになるんですね。

中野　生き方を考えるとき、よく「本当の自分探し」というフレーズが出てくるでしょう。でも、そんなものはないんじゃないかな。

私たちは誰もが複数の側面を内包しながら、これらを使い分けて生きている。あなたが私だと思っているものは私ではない。一時的に、そういう側面を見ているだけ——という本を今、書いています（二〇二〇年十月に『ペルソナ』〔講談社現代新書〕として刊行）。

内田　おもしろそう。そもそも人間は多面的で、どれも本当の自分ですものね。

中野　そのとおりで、私たちはいろんなペルソナをバラバラに持っていて、そのバラバラな自分がモザイクのように融合して一つの形になっている。

ただ、そのペルソナは学習して獲得しているんだよね。例えば、「名誉男性」と呼ばれるのがしっくりくるような女性たちは、男性原理社会の中で認めてもらえるよう、成功した男性を見ながら、男性社会で生きるためのペルソナを必死に手に入れた。

内田　なるほど、「こうなりたい自分」のお手本があるのね。

中野　私は「おじさん」になりたかったな。

内田　また中野さんがユニークなことを言い出した（笑）。

中野　例えば中学・高校時代、テストで百点を取ると、「こんなに勉強できちゃうと、もうお嫁に行けないよね」と言われた。もし私が男なら、こんなこと言われないのになあ、と思ったの。でも、背も高くないし、胸も大きくなってしまって、男だとちょっとかっこ悪いなと思って泣く泣くあきらめたけど。

内田　それはビジュアルが男になるだけでなく、社会からも男性として認知されたいということだったの？

中野　そうです。おじさんは性別によって制限されることなく、社会の階段を上っていけると思っていた。当時は、どうせ女性はどこかでキャリアをあきらめ、結婚や出産をしなければならないと刷り込まれていて、自分で選んだわけでもないのに、性別で人生を制限されてしまうというのがどうも受け入れられなくて。

内田　何の邪魔も横やりも入れられずにわが道を行きたかったんだ。

中野　そう、社会通念に自分の進む道を遮られるのがどうもね……。

内田　すごいなぁ、なかなかそんな子どもの頃から自分の進むべき道はこっちですとわかっている人は少ないと思うけど。

中野　そうなのかな。でも也哉子さんは詩人になりたかったんでしょ。

内田　そうね、憧れていたけど、中野さんはお花屋さんになりたいとか、ケーキ屋さんになりたいとか、夢見心地なフワッとしたものではない、リアルな視点を小さい頃からずっと持っていたのね。

中野　お花屋さんもいいと思ったことがある。遺伝子組み換えとか、新種の花を作りたいと。

内田　おもしろい、そっちに行くんだ（笑）。

中野　三十歳を過ぎて気づいたんだけど、別に性別が男にならなくても、女でも「おじさん」をペルソナとして持てるんだよね。

内田　それは多かれ少なかれみんな持っていると思う。男は男で、男に生まれたばっかりに背負いたくもない責任を一家の長として背負わされたり、「甲斐性がない」とか「男だったら泣くな」と責められたりして、それはそれで大変よね。

中野　男性も、制限されていないように見えていたけれど、実は大変なのかなって、ごく最近になって思ったよ。どちらが楽ということはないのかもなと今では思う。

内田　もう「女のくせに」とか、とやかく言われなくなったでしょ？

中野　いやいや、「こんなに活躍されて、ご主人はかわいそうですね」と面と向かって言われたりするよ。

内田　えー！　まだいるんだ、そういう人が。

羽生善治と藤井聡太が目をつぶって話す理由

内田　ところで前回の対談はリモートだったでしょ。微妙に会話にタイムラグが生じるので、これなら電話のほうがいいなと思った。というのも、同時期に養老孟司先生とも対談をさせていただいて、こちらは電話でお話ししたんだけど、電話は顔が見えない分、声に集中するせいか、むしろ近く感じたの。これは意外な発見でした。

中野　視覚には説得力があるようで、実は上書きされやすく、すぐに忘れてしまう。だからテレビよりラジオのほうが人を説得できるという研究もあるんです。例えば流《は》行《や》りの歌のフレーズが何回も頭の中でループすることがあるでしょう。音は記憶の中に刷り込まれやすいの。私たちの先祖は夜行性のほ乳類で、暗闇では聴覚が頼りだったことの名残なのかもしれない。

内田　「ダイアログ・イン・ザ・ダーク」ってご存じ？　真っ暗闇の中を視覚障がいの人のアテンドによって進み、橋を渡ったり、お茶をしたり、いろいろなことをやってみようというワークショップがあって、私も参加したことがあるの。

　足元に何があるかも、誰がどこにいるかも見えないので最初は怖いけど、やがて音が際立ってくる。そしてどんどん自分の心の中が鮮やかになって、生まれ変わったような感覚になった。

中野　すごくいい体験だよね。私たちはモノを見るとき、脳の視覚野という領域を使っているんだけど、盲目の人はそこを視覚でなく別の機能に振り分けている。例えば言語機能だとか。

　それで思い当たるのは、ちょっと推測の話ではあるのだけど、棋士の羽生善治さんや藤井聡太さんはインタビューに応えたりスピーチしたりする際に目をつぶって話すでしょ。もしかして、彼らは視覚優位であるが故に言語領域の使い方が一般的な人と違うのかもしれない。

内田　棋士は何手も先まで読まなければならないわけだけど、そのときに視覚野を使っているということね。

中野　将棋の盤を画像で処理するみたいね。駒の位置を覚えておいて、何百通り、何千通りもの指し手データを短い時間に処理するなんて、きっと脳の言語領域を圧迫するほど画像処理にリソースを使うのだと思う。二人とも、ちょっとタイムラグがあってから早口で話す。頭の中に回答の文章をつくってから、それを目を閉じて読んでいるのではないかしら。

内田　人によって脳のどこを最も使っているかが違うのね。中野さんはどこを使っているのだろう。

中野　私はしゃべる言語はうまくなくて、書く言語のほうがまだマシかな。しゃべるときは、私は波打ち際で貝殻を拾うみたいに、単語を拾って文章を組み立てながら話しているの。だから、時々言い間違えるし、速さもちょっと遅く感じられると思う。何か言われたら咄嗟《とっさ》に相手の痛いところを衝《つ》くように言い返せる人が羨ましい。口が立つというのは暴力の代わりになるぐらい力があるよね。

内田　ああ、母がよく言っていた、「私は言葉で人を殺してきた」って。まさに他人の急所を刺すような言葉の使い方をしていたから。

中野　そう、それね。そういうことができる希林さんのような人を私は羨ましく思う。

内田　例えば芸人さんは言葉で人を殺すことなく、咄嗟の切り返しにセンスが表れますよね。

中野　本当にそう思う。テレビのバラエティ番組を観たり、ときに出演させてもらったりして、直接間接に学ばせていただいています。

内田　母は歳をとるにつれ、今度は言葉で人のいい部分を引き出そうと心がけていた。結局、何かを感じてしまう鋭さをどのように使うかで、人を苦しめることもあれば、癒すこともできると身をもって自覚していった。ということは、母は脳の言葉の領域を駆使する人だったのね。

中野　本木さんはどっちかな？　役者さんは台本を視覚的に覚えているのかな。それとも声に出して聴覚的に？　『麒麟がくる』の斎藤道三はものすごい長台詞《ながぜりふ》もあったよね。

内田　目で読む、声に出す、その両方じゃないかな。さらに書いて覚えるということもしているみたいだし。

中野　そうか。アウトプットして覚える、というのは記憶術としては王道だし、実験的にも確かめられているしね。経験的にご存知なんだろうな。さすがです。

コロナ禍でできるようになったこと

内田　中野さんは今、なんと東京藝術大学大学院の学生をしているんですね。また、どういう自分を手に入れるのだろう。

中野　東京藝大でキュレーションを学んでいます。何をどう見せるか、という話だけれど、専攻以外の講義も取っていて、博物館学まわりの話は自分の専攻にも近く、先生も個性豊かで面白くて、講義を受けるのが毎回楽しみ。

例えば、脳は私たちの睡眠中、記憶を整理し、それを固定させたり消去したりしている。脳に蓄積したゴミのウォッシュアウトもしている。眠っている間も脳は働いているんです。企画展をしていない期間の美術館や博物館もこれとよく似ている。作品を整理したり、研究したり、次の展覧会の準備をしたりしている。こういった外からは見えないけれど粛々《しゅくしゅく》と進められてきた仕事が大事なのであって、博物館と脳の機能が似ているというのが面白いところだと思うのですよ。

内田　まったく別のレベルですが、私も学びを始めていまして。小学生の息子が習っているピアノの先生から私もレッスンを受けているんです。最初は頭が取っ散らかって両手がうまく動かせなかったものの、レッスンを終えると精神がスキッとしてゴチャゴチャしていたことが整理されるんですよね。長らく挑戦ということをしていなかったけど、やってみると楽しいものね。

中野　学ぶって人間の最大の喜びよね。

内田　それから、私はこのコロナ禍で、少しできるようになったことがある。よく「Be here now」って言うじゃない。それがなかなかできなかったんだけど、今こうやってコロナで行動を制限されることによって、「あれもやらなきゃ、これもやらなきゃ」が物理的にできなくなった。

ある日、十歳の息子が粘土で何か作っているのを「ねぇ、見ていてね」と言われたときに、いつもだったら二分ぐらい見たら自分の用事に戻ってしまうところ、「あれもやらなきゃ、これもやらなきゃ」は今、どうせできないのだから脇に置いて、息子に「もういいよ」と言われるまでそばでずっと見ていようと思って、そうしてみたの。そうしたら、すごく親子関係がまろやかになった。無駄だと思えることもやってみたら案外おもしろい発見があるんです。

有性生殖という無駄が「種の存続」には重要

中野 今、すごく大事なことを言いましたね。動物は「Be here now／今、ここ」しかないから。人間も「今、ここ」しかないはずなんだけど、なぜか連続して何十年も自分が同じであるように感じている。人生八十年とか百年とか「今、ここ」に比べたらだいぶ長い時間感覚がある人間は、「これは無駄かもしれない」「これは効果的かもしれない」という選択肢があるとき、必ず一定の割合で一見無駄なほうを選ぶんだよね。

内田 へえ、そうなのね。どうしてだろう。

中野 不合理な選択に見えるでしょう。科学万能主義、合理主義の時代には、それは人間の弱さだとか迷妄だとか言われてきた。でも、そうではないと考えられ始めている。むしろ、無駄なものを選ぶ個体が「多様性の保持」に効いている可能性がある。種の存続にこれは極めて重要なファクターなんです。無駄に見えて、数手先には得になるものかもしれない。

そもそも完全に合理主義でいくなら、有性生殖からして無駄だからね。自分の遺伝子のコピーを受け継ぐ個体をただ分裂とかで作ればいいだけなのに、わざわざ遺伝子を二セットに分けて、手間暇かけて交換する相手を探して、半分ずつをやり取りしあって次世代を作るなんて、しち面倒で回りくどい無駄なことを……。でもそれが楽しい上に、種の存続には重要だと言うわけでしょう。

也哉子さんは息子さんをずっと見ていた時間にある種の諦観を感じたんだと思うけど、その諦観もすごく意味あるものに思える。

内田　よかった。そうやって中野さんが分析してくれることで、自分の居場所があらためて確認できた気がする。自分探しではなく、自分の居場所を設計する。なかなか終息しそうにないコロナは厄介だけれど、その時間をもらうことはできたんだと思いたい。

第5章

イエ制度と夫婦別姓とドラッグと

コロナ禍では、芸能人のクスリ逮捕も相次いだ。ヒトはどこに安心を求めるのか。イエ制度、夫婦別姓……。二〇二〇年九月末に五回目の対談を行った二人は、現行の日本の「家族制度の根源」への問いをはじめる。

タバコを勧めるように大麻を勧める環境で

内田　前回は俳優の三浦春馬さんの突然の訃報に接し、どうしてもその話をせずにはいられませんでした。私も夫も特に三浦さんとお付き合いがあったわけではないけれど、二人ともショック状態だったものですから。

中野　私もしばらく解決がつかない気持ちを引きずりました。『週刊文春WOMAN』連載の人生相談のコーナーにも読者の方から「ショックで何も手につかない」という相談が寄せられたんですよ。

亡くなったのは直接の知り合いではないのにショックを受けて気持ちがふさいでしまう、悪くすると後追い自殺してしまう。これはウェルテル症候群と呼ばれ、こういうことが起こるということはかなり以前から知られています。ウェルテルとは十八世紀に書かれたゲーテの『若きウェルテルの悩み』の主人公の青年で、彼は物語の最後に自殺してしまいます。当時のヨーロッパでは、この小説に触発された若者の自殺が増えるということが起きたんです。以後、日本を含め世界各地で似たような現象が起こっています。

内田　その後も俳優さんの自死が続いて、本当に胸が塞がれて辛いですね。死にたいという思いを何とか考え直すきっかけができないものか、中野さんもいろいろ考えていらっしゃるところで、前回はそのお話も伺いました。

今回も時事問題から入りますけど、俳優の伊勢谷友介さんが大麻を所持していて逮捕されましたね。私は九歳で海外の学校に入れられて、外国人の友だちが多いから、子どもの頃からタバコを勧めるように大麻を勧めるという環境にいたんですよ。でもまったく興味がなくて、タバコも大麻も一度もトライしたことがありません。たぶん、私のような環境で育った人としては珍しいかもしれない――と言うと語弊があるでしょうか。伊勢谷さんもニューヨークに留学していたから、もしかしたら自然とそういうものに馴染んでしまったのかもしれないと想像したんです。

中野　日本での感覚とは違うことも多いですからね。

内田　私の夫は超堅物だし、また、昔から「ぶっ飛ぶのなら素面《しらふ》でぶっ飛びたい」と言っていて、ドラッグとかお酒とかによってハイになって何か生み出すということは望んでいないんですよ。というわけで、私たち夫婦はドラッグに関しては潔癖なところがあるんです。もっとも、大麻取締法違反で逮捕された身内——父ですけど——がいるのだから、偉そうなことは言えませんけど（笑）。

「認知」がドラッグを嫌う

中野　ドラッグに誘引される要因としては、自分の知らない世界をのぞいてみたいという動機もあり得ますよね。大麻なんてたいしたものではないと思っている人は、そういう観点からは逆に誘引されにくくなる面もありそうですね。

　例えばコーヒーで考えてみましょうか。子どもが飲むことを禁止されてはいない飲み物ですけど、ブラックは苦いし、特に子どもは飲みたいとは普通は思わないものでしょう。でも、「これは大人の飲み物だから子どもは飲んではいけない」などと言われると、その飲み物への興味が湧いてしまったりする。カッコいいＣＭなんかも流れていて、なんとなく大人だけが知っている秘密めいた感じがある。そこに禁止されることによる誘惑がある、というのは無視できない効果を持ってしまうんですよね。そういう意味では、使用については多少解放して、薬物と金銭の流れを政府が把握できるようにしておくほうが合理的という考え方にも一理あるとはいえるんです。

内田　カナダとかアメリカの一部の州では合法にしていますね。

中野　私も海外の研究所にいたとき、国に帰って購入してきたドラッグをやたらと勧めるオランダ人がいました。

内田　好きな人って周りに勧めませんか？

中野　そうなの。でも、私は頭痛持ちだし、脳に不可逆的な影響を与えかねないものは怖くて……。呼吸器もそんなに頑健なほうではなく、タバコも嫌いだから、火をつけて煙を吸うという方法にも抵抗があって。「私は身体があなた方ほど強くないから」と言って断っていたんです。

内田　でも、もしすごく違う世界が待っているんだったら、それはそれで興味はありません？

中野　あるにはあるけれど、もし違う世界が見えてしまったら、私は依存的なところもあるから、それはやっぱり嫌なんです。惑溺《わくでき》しがちだから嫌だというのも断る理由の一つになってるね。二重の意味で、自分はその世界からは遠い人間でありたいと思って。

内田　父を庇うわけではないけれど（笑）、内田裕也の時代はヒッピー全盛の時代でもあり、ロックのアウトローなカルチャーという意味でもドラッグは身近だったようです。欧米では割と多くのアーティストが「あの時代は自分もやっていた」と公言していますよね。

中野　覚醒剤だってみんなやっていたという時代があったわけだし。

内田　えっ、そうなの？

中野　疲労回復のために、現在の栄養ドリンク剤のように使っていた時代もあったという……。

内田　ああ、それにケシの実も使われていたのよね。

中野　アヘンね。宗教儀式に使われていたのよね。でも、古代から使われていたからいいものなのかというと、それはあまりにも安直なような気がするね。

内田　確かに。

中野　法律以前に、也哉子さんや本木さん、私のように「認知」がドラッグを嫌うという人もいるのね。私はお酒もほろ酔いぐらいだったらまだいいけど、酩酊してわけがわからなくなるという状態がすごく嫌いなの。ましてやドラッグなんてと思う。

人にはわれを失うというのを嫌うタイプと、われを失っていないと不安でたまらない、明日を生きるのもおぼつかないというタイプがいるね。昔は、それがないと生きていけないほど不安定な人のために、ドラッグを必要悪として認めていたのかもしれない。現在はそういう人たちのための処方薬もあるわけだから、わざわざ禁止されている薬物を使わなくてもいいじゃないかと思いますけどね。

内田　禁止されたものへの誘惑というものが大きいのであれば、ではカナダのように国を挙げて「合法です」と言っちゃっているところの現状はどうなんだろう。禁止されている国より、ドラッグに手を出す人はかなり少ないのだろうか。そんなことはないようなイメージもあります。

中野　結局、マンパワーとのバランスだと思う。日本のように取り締まるほうがコストが安いのか、使用を認めてしまうほうがコストが安いのか、単にその問題なのではないでしょうか。カナダは国がある程度コントロールして、反社会的勢力にお金が行かないようにするというやり方のほうが合理的だと考えているのでしょう。

内田　ある程度カナダは成功しているのでしょうか。

中野　何をもって成功というかですよね。

内田　そうか。犯罪率はどうなんだろう。

中野　それもドラッグが原因の犯罪かどうか、厳密に因果を証明するのは難しいと思うの。

内田　なるほど、議論は尽きないのね。

ドラッグで集団をまとめてきた歴史

中野　そうなの。そもそもドラッグが果たしていた重要な役割とは、宗教儀式で使われていたように、集団としてまとまるという機能を強くすることだったのだと思う。自分たちはこの集団の一員であって、この集団の人たちのためなら死んでもいいと思わせるという。

内田　使命を持たせる。

中野　そうだね。アサシンとは英語では暗殺者という意味だよね。アサシンの語源はドラッグのハシシ、つまり大麻だといわれているの。要するに、大麻で酔わせて言うことをきくようになった人たちに、暗殺などの密命を行わせたという話がもとになっている。

人間のシステムは、「自己のために都合のいいこと」をさせるという仕組みと、「みんなのために都合のいいこと」をさせるという仕組みの、いわば二段構えなのね。けれど、「自己のため」の仕組みだけだと、大きな事業をしたり、戦ったり、チームで協力して物事を達成するのが難しくなるから、脳には、「みんなのために都合のいいこと」をさせるように仕向けるプロモーターがあるんだよね。そのプロモーターをブーストするのが宗教だったり、アートだったり、イデオロギーだったりするのであり、その一つとしてドラッグが使われたのではないか。ドラッグによって集団を操作していこうとした人たちがいたんでしょう。

内田　そうか。だから中野さんは酔うのに抵抗がある。他人に操作されたくない。自分が自分のパイロットでいたいという意識があるのね。

中野　まさにそんな感じ。その操縦桿をむりやり手放させられる感じが嫌なんです。

内田　なるほどね。私の感覚はちょっと……。

中野　あ、そういうのとはちょっと違う？

内田　私の場合は快楽というものを忌避する感覚に近いかな。私も夫も潔癖なところがあるのね。だから、よく周りの人たちから「もっと緩ませて」とか「リラックスして人生楽しみなさいよ」みたいなことを言われます。でもなあ……。

中野　それはお風呂とかではダメなの？

内田　そう。温泉が大好きで、まさに私を緩ませるいちばんの方法は温泉なんですよ。

中野　そういう緩ませる方法が見つからずに、ドラッグをやってしまっている人もいるのだろうね。効いているときはフワフワしていい気持ちなんでしょうけど、それがなくなってくるとたまらなく不安になったり、明日生きていくのもやっとだ、という状態になったり。だから、そういう人はパートナーにも依存したり、お酒を飲まずにはやっていられなくなったりすることも多いようですね。もうそれは周りも、何よりも自分が、地獄のような苦しみではないかと思う。

内田　芸能界にしても今までにも逮捕された人が何人もいて、そのたびに、なかなか薬物依存からは抜け出せるものではないから社会がフォローしなければいけないといわれているけど、現実には家族でも友人でもリハビリのプロでも二十四時間三百六十五日コミットできるわけではないですよね。

中野　いったんは止めても、周りに使う人が多かったら、止め続けているのはかなり努力がいるのではないかな。せっかく才能があるのだから、その才能が認められるという喜びで、ココロのスキマを埋めてほしいですよね。なかなか普通の人にはできないようなことをしている、羨ましいような才能の持ち主もたくさんいるのに。

ドラッグと不倫と村八分

内田　逮捕されると、例えばＤＶの加害者だったとか、こんな人格だったとか、ドラッグとは直接関係ないこともどんどん書きたてられる。ある意味、見せしめなんだろうか。

中野　私はそういう類の報道が問題の本質だとはあまり思わないんです。ある人がルールを破りました、ルールを破った結果、ＤＶとか——必ずしも法に触れるわけではないかもしれないが——過去の行為を追及されました、みんなリンチのようにネットでバッシングを加えています、という状況を、起こり得るものだとは思うけれど、異常状態だとは思わないの。

内田　そうなんだ。中野さんの著書にあった「正義中毒」に社会が陥っているような気もするけど。

中野　もちろん、やって良いものだ、という意味ではないよ。けれど、人間は歴史的に、洋の東西を問わず、何度もそういうことを繰り返してきている。マグダレーナ（マグダラのマリア）に石を投げ、異教徒を排斥し、空気に従わない者を村八分にして見せしめにしてきた。現代だけが特殊だとは思わないの。

　もっといえば、日本はすごく社会性の高い国で、社会的規範を守ろうとする気持ちの高い人の多いところでしょう。そういう国では、特に才能があって、美しく整った容姿を持って、性的パートナーにも不自由しない、そんな人がルールを破ったとしたら、ここぞとばかりに石を投げ、大衆のルサンチマンもそこに乗せたうえでぶつけてしまう。

内田　そういう心理ね。

中野　叩かれ放題の伊勢谷さんは確かに気の毒かもしれないけれど、でも、そうなることが予見できない人だったんだなとは思った。あんなに表に出る仕事をしていながら、それがわからなかったのは、ご自身の責任なのではないかしら。

内田　ドラッグのことは周りの人もみんな知っていたという話もある。

中野　知っていた、まではいかずとも、何かおかしいなくらいは思っていたかもしれないね。でも、例えば、不倫も社会から叩かれるわけだけれど、もし、不倫している友だちがいたとして、それだけで友人関係を断つということはなかなかしないよね。別にあなたがその人のことを好きでも私はそのことにはノータッチよ、という態度に普通はなるんじゃないかな？　やめたほうがいいとは思うけど、くらいは言うかもしれないけど。

内田　その人自身の趣味嗜好の問題だからね。確かに、だからと言ってそれだけを理由に絶縁はしないですね。

中野　俳優さんの不倫が発覚しても映画の配信停止になるかどうかは場合によるでしょうけど、ドラッグの場合は出演していた映画が配信停止になったり、ＣＭがなくなったりすることがある。であれば、それはビジネスをする立場としては、何か物申すかもしれない。でも、あくまでも友だちとしてなら、ドラッグについても不倫の場合とさほど変わらない対応になるのではないかな。

内田　友だちでいることの理由は一つではなく、その人の他のいろんな魅力があるわけで、たまたまその中の一つに、その人にとっては中毒になってしまうものがあったということか。

中野　その中毒になってしまう弱さを、もしかしたら自分と友だちでいることによって抑えられているかもしれない。自分といるときだけは吸わないでいてくれるということもあるかもしれない。自分が去っていくことで、よりその人が不安定になって、もっと深刻な影響をもたらすハードドラッグを使うようになったりするかもしれない。もっとも、そんな理由だけで友だちでいるわけじゃないけど。

内田　ビジネス面でいうと、例えば、出演作品が全部日の目を見なくなってしまうというのは、どう思う？　他の人たちの労力も無駄になっていいものなのか。

中野　それもあるし、私見では「この人はここまでは活躍していたのに、こんなことになって残念だったね」というのをもっと知らせたほうがいいんじゃないかな、と思うんだよね。そのうえで作品は公開すればいいのに。そのほうが抑止力になると私は思うの。

内田　それは、例えば殺人を犯したとかいう犯罪であっても？

中野　私はどちらかというと罪の軽重《けいちょう》を問わず、見せるべきだと思うんだよね……。けれども、配給側からしたら、やっぱりクレームの処理がかなりの負担になるはずなので、コストの点から公開中止という選択をするのだと思う。倫理的な判断というよりも、むしろコストなんじゃないかな。

結婚と「姓」

内田　あ、そろそろ家族の話をしなければ（笑）。

中野　そうでした（笑）。

内田　イエ制度についてご意見を伺おうと思うのですが、まず、中野さんは結婚するときにダンナさんの姓になったんですか？

中野　なりました。イエ制度とか夫婦別姓とかまったく考えず、単にダンナさんの「中野」の姓のほうが自分に合っている気がしたので。

内田　そうなんだ。実は私もあまり深く考えたことはないんだけど、うちの場合は夫が「内田」姓になったんですよ。そもそも母が、あんな常識にとらわれない人なんだけれども実はものすごく古風な考え方をしていたから、自分が内田家に嫁いだ以上、内田姓を絶やすのは嫁として申し訳ないと考えていたの。内田のおばあちゃん——裕也の母ね——のことも好きだったし。なにしろ裕也に関しては、大変な息子を育てる苦労と大変な夫を持つ苦労を分かち合ったから。

中野　ああ、なるほどと言っては何ですが、想像以上に大変だったんでしょうね。

内田　それに父の姉妹はみんな嫁いじゃって、裕也しか内田を継いだ者が残ってなかったから、それでやたらと母が使命感を持ってしまったのね。也哉子は一人っ子だし、結婚するんだったら内田の名前を継いでくれるといいなと、母が本木にお願いしたんですよ。

　本木は男ばかり三兄弟の真ん中で当時既に兄が本木姓を継いでいて、後継ぎとなる子どもたちも生まれて、もう本木の姓は安泰だということもあったので、そんなに深く考えることもなく、「それが親の望みなんだったら、それでもいいんじゃない？」ぐらいな感覚で内田になってくれたんですよ。でも、実際は本木の両親がすごく悲しんだのね。私も本木もそれを知って初めて、姓というのはこんなに重いものなんだと気がついた。

十六代続く「本木」の姓

中野　本木家は農家さんなんだよね。

内田　そう。同じ地域で十六代続いてる農家。

中野　農家の人たちというのは作物が育つ土地への愛着――というか、土地と自分は切っても切り離せないものだというような感覚を持っている人が多い気がするね。農家で家を継ぐというのは土地を継ぐというのと同じだから、そこが途切れる感じがすごく痛みを伴うところだったんじゃないのかな。十六代も続いたらなおさらかもしれない。

内田　そうね。その悲しみに触れたときに、「どうする？」と私たちは顔を見合わせた。まずいことをしちゃったと思ったの。結婚当初は、自然な会話の中で「もう雅弘はうちの子じゃないから」というフレーズが出たりするわけ。「そんなことない」といくら否定しても、「姓を変えたらうちの子ではない。孫ができても外孫」なんていうことを言う。決して意地悪で言うのではなく、それがケジメというようなニュアンスなんですよ。

だから、うちの母に「一回入ってもらったから、気が済んだでしょ。私はもうこれで本木の姓になりたい」とお願いしたこともあった。でも、しょっちゅう本木家に行っているうちに、そこまでシビアな感覚で話しているわけではないのだということがわかってきて、また、私もあまり敏感にならなくなってきたのね。

今、中野さんに言われて気がついた。農家ならではの土地への愛着と姓への愛着は関連しているんだ。

イエ制度とパトリアとオキシトシン

中野　パトリア（生まれ故郷）というのは人間にとって大きいものなんですよ。土地に対する愛着というのは、人に対する愛着と同じぐらいか、もしかしたらもっと重要かもしれない。不思議でしょう。これもオキシトシンで説明ができそう。

内田　幸せホルモンね。

中野　まず、人がなぜひとりぼっちだと心細く感じ、ほかの人と一緒にいるとなぜ安心なのか。人といると生存確率が上がるからなのね。敵が現れたらどちらかが戦えばいい。つまり二分の一の労力で済むわけ。一緒にいる時間が長くなればなるほど、それはその人と生き延びられたという実績になるので、もっと長くいさせようとする。そのために、脳ではオキシトシンが働いてその相手との間に「絆」を感じさせ、できるだけその人と一緒にいて生存確率を高めようとする。

　場所についても同じことがいえるのであって、その場所に長くいたということは、つまりそこで生き延びられたという実績として、いわば脳に刻まれるわけです。十六代といったら戦国時代から続くお家であるわけでしょう。

内田　そうなんです。敷地に先祖代々のお墓もあって。

中野　ああ、すごい。たぶん四百〜五百年ぐらいは続いているお家で、その年月を自分が経験しているわけではないけれども、それを感じながら育ってきたことで、「この土地に私たちは長くいられた。ここにいるのがいちばん安全だ」と無意識に思わせる、そこにい続けさせる仕掛けがどんどん強まる。それが郷土愛、パトリアへの愛になるんでしょう。

　東京の人はいろいろなところから流入してきた民なので、どこへ行っても一緒でしょ、と考えているところがある。土地を基盤に生きている農業の民とは感覚がちょっと違うと思うんだよね。也哉子さんや私ぐらいの世代の東京人となると、もう都市の民になっていて、イエとかパトリアを頭では理解できるけれども、実感として理解しにくいという感じになっていると思うんです。

内田　母は自分自身を「根無し草の家だから」と言っていたから、イエに対する憧れがあったんだろうな。本木家が何百年も同じところで同じように田畑を耕してということへのリスペクトがあった。それなのに、内田家に来てもらっちゃった。

中野　ああ、そうか。その辺の葛藤があったのか。

内田　そうなの。だから、単純に「本木さんが内田姓になってくれてよかったね」と喜んでいるだけの話じゃなかったのね。でも、こうやって二十五年かけて関係が密になっていく過程で、たぶん信頼してくれたのかな。ふとした瞬間に、本木の両親が「雅弘が入ったのが内田家でよかったな」ってポソッと言ってくれたときは、震えが来ちゃうぐらい感動した。

中野　え～、なんて素敵なんでしょう。新しい生活で培われた絆のほうが、土地に対する絆を上回ったということなんでしょうね。すごく興味深いです。

内田　夫婦別姓にこだわるメンタリティの人も少なくないじゃない。無条件に夫の姓になるというのは、それが女性の権利を奪うとか、そういうことにはならないのかな。

中野　私自身としては、そもそものイエという概念自体が崩壊してきていると思うので、どちらの姓を名乗ろうがそんなに変わらないという感覚がある。女性の役割というのも社会的にはまだ厳然としてあるんだけど、経済力がある程度ある家では、いわゆる「嫁」の役割というのはほとんどアウトソーシングできるんだよね……。子どもを産む以外……といっても、子どもを産むのもアウトソーシングする人もいるわけですよ。だから、「嫁」をおんなへんに家と書くのが、徐々に実情にそぐわない時代になってきてはいるよね。

内田　私たち夫婦も初めはそんな感覚だったけど、「いや、そうではない」という人の想いと出会ったことによって、そんなに大切なものでもあったんだということに気づいたわけです。

中野　そうだね。多様になってきたということかもね。イエが大切だという人の気持ちもわかるけど、ただ、時代の移り変わりとともに合理的な仕組みではなくなっていくんだなと思ってるよ。

イエは貧しい国の子育てユニット

内田　では、イエという意味も含む家族の今後の方向性については、中野さんはどう考えますか。

中野　環境条件によって平衡点が移動しますよね。環境条件というのは、貧しいか豊かか、災害が多いか少ないか、さらに人口密度といったいろいろな要素があって、日本古来の家族のカタチが最適かというと、社会が変わりつつあるので、単純にそれに固執するというのはちょっと賢い選択とはいいにくいかなと思うんです。比較的豊かで、放っておいても子どもが育つというような温暖で湿潤な環境であれば、イエはむしろないほうがいい。子どもが放っておいて育つ条件下なら、親たちは生殖に励むべきですね。

内田　え、もっと？

中野　個体数を増やすことだけを考えるなら、ね。それが豊かな環境での繁殖の最適解になるとは思う。でも、日本は実はそうではないよね。その国に適した人口のサイズというのもあるし。豊かに見えるけれども、耕作面積は少ないし、災害にも遭いやすいし、資源も少ないし、意外と潜在的には貧しい国なんですよ。貧しい環境というのは、子どもを育てるコストと時間を削らざるを得ない、ということに直結します。そういう環境では親が子育てを離れて生殖に集中することはできないから、子どもがある程度大きくなって自分で餌を賄《まかな》えるようになるまでは、コミットしなければいけない。だから、その間はそのユニットで頑張りましょうというのが「家族」ですよね。貧しい環境では、そのユニットをキープし続けなければならない時間が長くなる。日本はいままでこそ豊かに見えるけれど、長い間、そういう国だったのだと思う。だから、イエがこんなに確固たるものとして存続し続けているのだと思うんです。

内田　現代社会を見回してみて、この観点において豊かな国ってどこかにある？　フランスはどう？

中野　フランスは社会保障があるという点では、現段階では子育て世代は豊かだよね。テロなどはあって政情は不安定ではあるけど、日本ほどの自然災害大国でもないし。日本は頻繁に台風が来たり、地震が来たりして、統計的に災害を見るとかなり大変な国なのよね。そういうところではパートナーをつぎつぎ探している余裕はなく、子どもをまず何とか無事に大人にしなければという方向にシフトせざるを得ない感じになっちゃうよね。南ヨーロッパには比較的「パートナーを探す」的な振る舞いをする遺伝子の持ち主がデータ的には多いようなのだけど、もしかしたら南ヨーロッパはそういった意味では豊かなのかもね。豊かというのは、現在の経済状況ではなくて、歴史的にそういう時代が何千年か続いたということで、これから日本がどうなるかは、わかりません。気候も大きく変わっていっているしね……。

不倫への最適解

内田　パートナーシップという意味では、お父さん、お母さんとして優れているということと、単純に異性として満たされるかどうかということは、分けて考える人がいるじゃない。モラルについては置いておいて、どう考えたって人間というのは飽きるものだから、そういう意味では、いろいろパートナーを替えることを望む人がいるのはわかる。中野さん自身はどう考えるの？

中野　いろいろなパートナーを求めることとは別に人間として不自然だとは思わないけ

れど、ルールがある以上、ルールを犯さないように振る舞うというのも人間の知性だから、それはその人の裁量、ということになっちゃうよね。人間はお腹がすくものだけれども、お腹がすいたらスーパーに売っている食べ物をお金を払わないで食べていいかといったら、そういうことはないし……。

内田　それでもやっちゃうと、いわゆる不倫になっちゃう。お互いにそれで納得しているのならいいんじゃない、という感じ？

中野　そうね。例えば、スーパーの人と友だちで、スーパーで売っている商品を「これはあと一時間で見切り品になっちゃうから食べていいよ」って、こっそりもらうみたいなことはありだと思うのよね。

内田　相変わらず、たとえが面白い（笑）。

中野　ルールを知ったうえで、それを犯さないように、あるいは、犯していることを知られて多くの人を不快にさせないように何とか工夫する、というのも知恵なんじゃないかな。

内田　以前、仮に中野さんのダンナさんにガールフレンドがいることがわかったとして、その女性が面白い人だったら「さすがダンナさんが選ぶ人だけあるよね」と思うだろうということで、本当に受け入れそうな勢いでしたね（笑）。

中野　家族内で処理すればいいと思うの。それがいろんなところに広がってしまって、家庭外のノイズが聞こえてくるようになって、仕事に影響があるということになったらちょっと困るけど。

内田　ただの遊びとしての行為だったらどう？

中野　遊びだったら、なかったことにしてもらうというか、相手の方はなるべく傷つけないように、周りの外野の人たちには「何言ってるんですか。ないない」みたいなふうにしてごまかしたいかな……。

内田　それぐらい大事な存在なのね。そんなことで壊れたくない、壊したくないんだ。

中野　今はね。たぶん夫婦ってそういう、ただ惚れた腫れただけではない、何かそれ以上のものがあるじゃないですか。絆というのかな。そこは人格的に尊敬できない夫だったら、じゃあ、そちらでよろしくということで別れてしまうと思うけど。

内田　夫を尊敬しているわけだから、夫婦関係を解消するほどのことかどうか、ケースバイケースで考えるのかな。

中野　考えれば「いい解」というのがあると思うのね。どちらかといえば私は今まで夫によくしてもらったなと思っているので、夫のいいようにしてあげたいなと思う。

内田　おおっ、それは愛が（笑）。

中野　週刊誌とかにバレないようにしてね、と（笑）。

内田　それで傷つきはしない？

中野　もう私と夫の間にはフレンドシップみたいなものがあるので。もっと熱い気持ちがお互いに強かったら、そんなの許せません！　とかいうことになるだろうけど、その辺りの熱量はちょっと蒸発しちゃっているから（笑）。

夫婦や家族にもほどほどの逆境を

内田　中野さんは基本的に東京、ダンナさんは大阪で、結婚してからも遠距離恋愛みたいなものですものね。距離があるということで、男女として新鮮な感じなんじゃない？

中野　しばらく大阪にいて帰ってくると、やっぱりかっこいいね、スタイルいいねと見とれるなあ。

内田　ほんと？　素敵。いいな。

中野　えっ、也哉子さんこそ思うでしょ？

内田　思わない、思わない（笑）。

中野　え〜、だって本木さん、かっこいいじゃん。いい男だなあと思わない？

内田　もう見過ぎているから、何も思わない。男女関係に限らず、人間が飽きてしまうということについて何か活性化させる方法って脳科学的にないんですか？

中野　それはね、あまり触れ合わないことは大事だけれど。あまり触れ合わないで新鮮でいられることと、触れ合って絆が深くなるということは、トレードオフなの。どちらを選ぶか。私にとっては会う頻度が限られる週末婚は合っているかなあ。そういえば、中学とか高校で寮生活を経験したでしょう？

内田　そうそう、毎日顔を合わせているとうんざりしてしまったりするのね。

中野　たまにはひとりにさせてよと思うでしょ。でも、週末だけ寮生活だったらすごい楽しいんだよね。ワイワイご飯して、ゲームして。

　人間というのはひとりでいることも大事なんだよね。ひとりでいる時間を充実させられないぐらい不安だったり、自尊感情が乏しかったりする人が、ドラッグが必要になっちゃう人だと思う。

内田　あ、話が戻ってきた（笑）。ドラッグに安心を求めやすくなっちゃうっていうことね。人間というのは総体的に、存続するためにいろんなタスクを乗り越えていくけど、そうやって安心したい、セキュアしたいという欲求を満たそうとしているのね。

中野　そうそう。セキュアベースを探しているわけなんですよ。でも、それを探させるためにはモチベーションとして「不安」が必要で、それがドライブして、安心な存在とか安心な場所を探させるんだと思う。

内田　なるほど。夫婦や家族にもほどほどの逆境というか緩急は大事、その辺りがうまくいく秘訣ね。……また、うちの両親が思い浮かんだ。もっとも、両親の場合はほどほどの逆境どころか、かなりの大嵐でしたが。

第6章 What is Happiness?

「価値観の違い」。離婚の理由としてもよく目にするキーワードだが、果たして価値観の一致している夫婦などいるのだろうか。夫とは思い描く「幸せのカタチ」が異なるという二人。五回目の対談の後半戦で二人が語ったのは、それでも家族でいる理由。

幸せのカタチを微分で知る

内田　中野さんとの連続対談はこれで最後です。二人で家族の話をしているうちに、自分の生き方を考えることになりましたね。最後のお題として、人間にとって何が最も幸せなのか。それは一人ひとりケースバイケースでしょうけれど、中野さんが思う幸せのカタチについてお聞かせくださいませ。

中野　私は微分だと思うんです。

内田　微分？　もしかして数学なら私、できません（笑）。

中野　大丈夫、簡単ですから。グラフに書いてみましょう（一九二〜一九三ページ「幸せのグラフ」参照）。これは、幸せって、絶対量ではないということなんだよね。「○○で一番」とか、「○○より幸せ」とか、何かと比べないと、わからない。わからないほど、人間は愚かだともいえるかな。他人と比べたり。それから「自分の以前の状態と比べる」ことがかなり頻繁だと思うけど、これがつまり、微分、ということなんです。もうすこしわかりやすいかもしれない言い方だと、変化量、ということになるかな。例えば、生まれたときに一〇〇持っているAさんがいます。それがだんだん減少して、八十歳でゼロになるとしましょう。Aさんを幸せだと思いますか。

内田　思いません。減っていく一方だったら。

中野　そうよね。生まれた時点では羨ましいかもしれない。この人と十歳ぐらいで、小学校で出会ったら「この人は容姿も素晴らしく、才能もあって、いい家柄で、スポーツ万能で、なんて羨ましいんだろう」と思うかもしれない。けれど、その先が減少トレンドであったとしたら、なんと不幸なことかと思うよね。

一方、生まれがマイナス一〇〇のBさんがいるとしましょう。この人は少しずつ増えて六十歳を過ぎてプラスになり、七十歳の手前でAさんを上回り、さらに上がり続ける。

内田　いい人生ですね。

中野　最終的にBさんが勝ったと思いますよね。この右上がりの傾きの程度を「幸せ」の程度と私たちは感じているようなんだよね。人生は誰でも多かれ少なかれ山あり谷ありで、下りの局面のたびにどんな人でも不安を感じる。一方、幸せは、グラフの山の頂点pで感じるのではなく、pに向かって上がっているときにこそ感じている

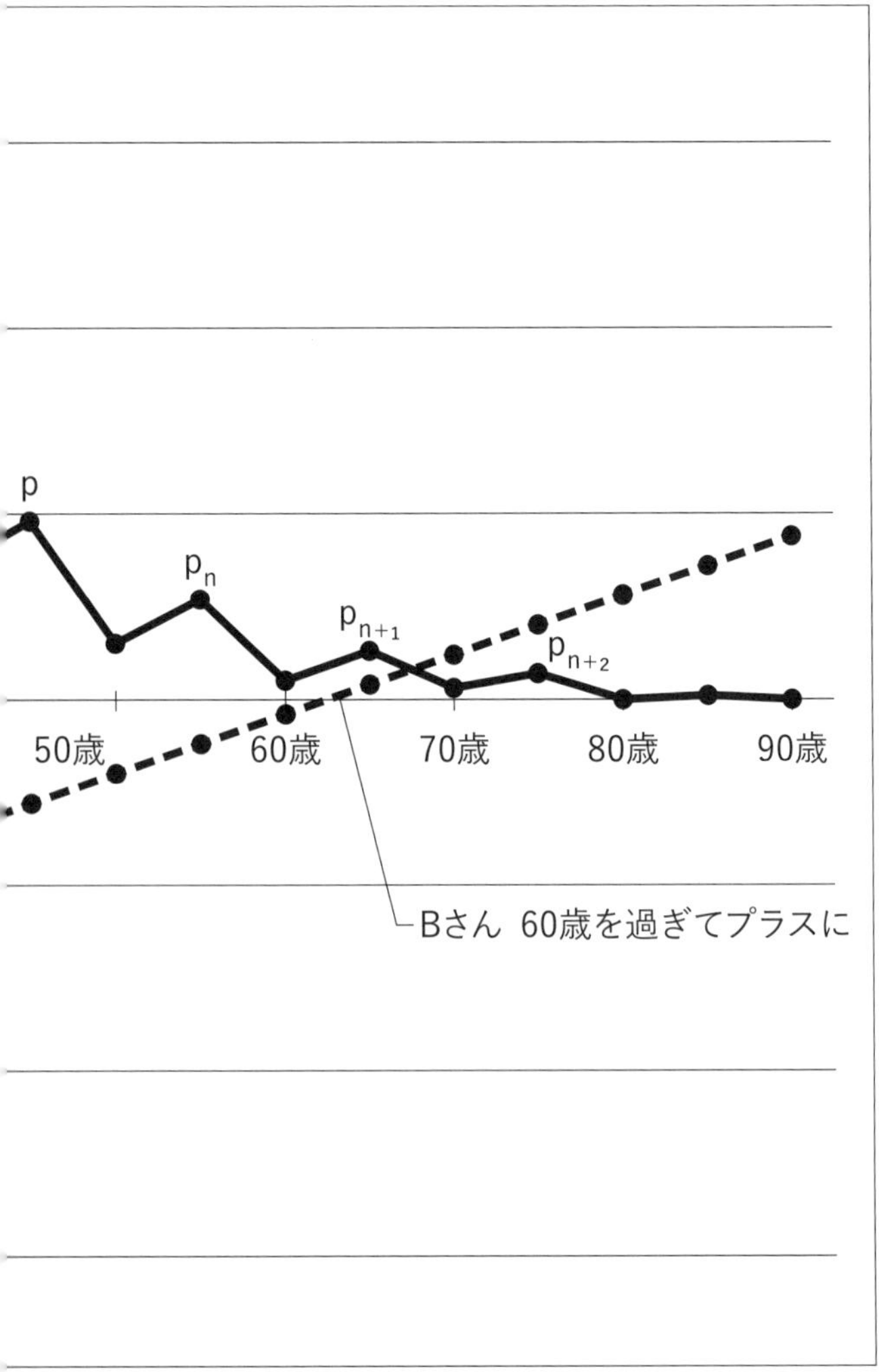

幸せのグラフ

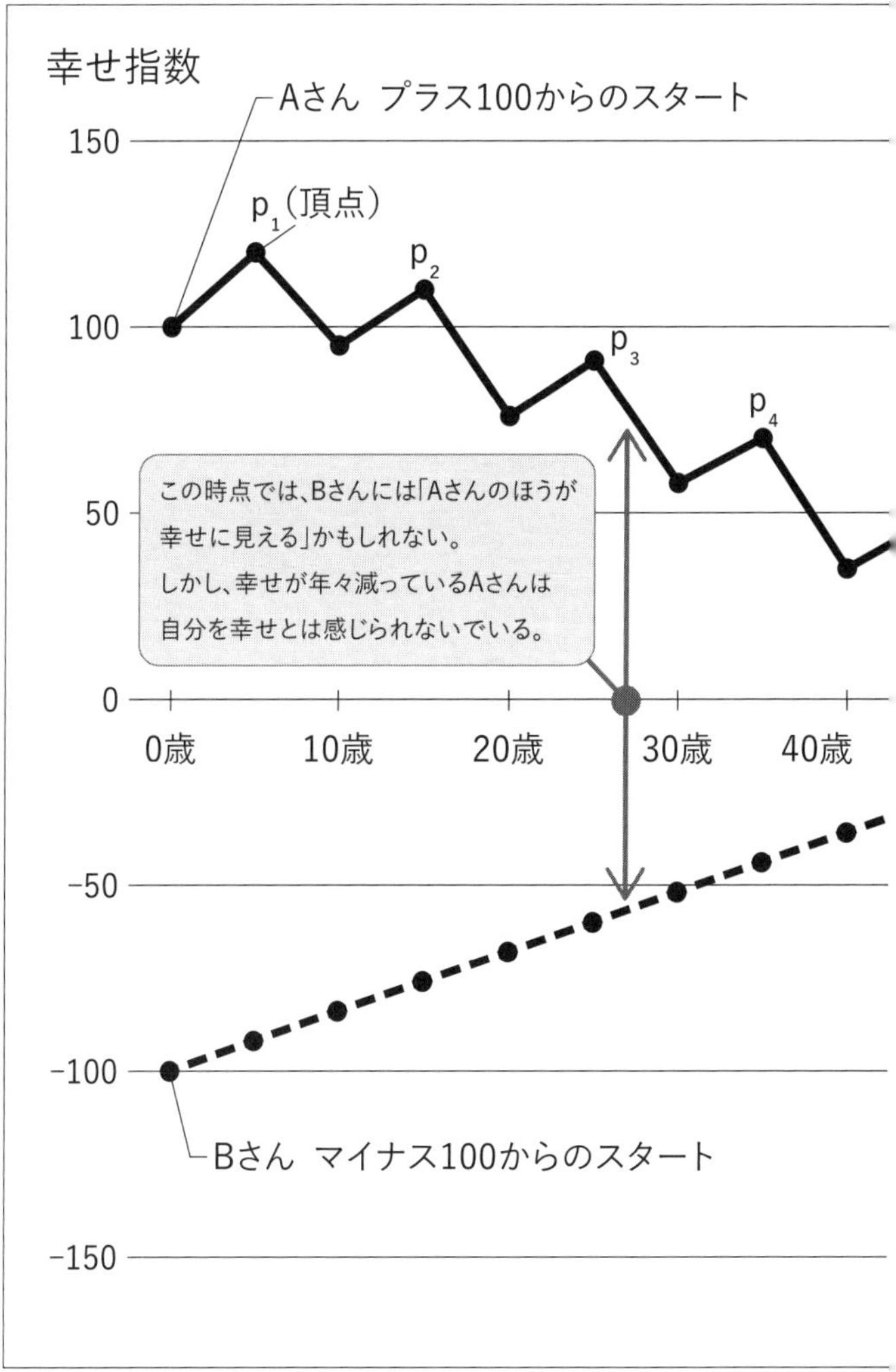

幸せ指数
Aさん　プラス100からのスタート
150
p_1（頂点）
p_2
100
p_3
p_4
この時点では、Bさんには「Aさんのほうが幸せに見える」かもしれない。
しかし、幸せが年々減っているAさんは自分を幸せとは感じられないでいる。
50
0
0歳
10歳
20歳
30歳
40歳
-50
-100
Bさん　マイナス100からのスタート
-150

んですよね。要するに、目標に向かって上がっていっているとき。傾きがプラスのとき。

内田　ちょっとでも下がったら、それはマイナスで、つらく思う。出発点がプラスであればあるほど、けっこうそっちのほうがハードよね。

釈迦には下っていく人生しか見えなかった!?

中野　貴族に生まれるとか、ロイヤルファミリーに生まれるのは、実はすごくつらいことなんだろうと思うんです。いちばん、納得のいく例は、釈迦《しゃか》（ゴータマ・シッダールタ王子）じゃないかと思います。彼は王家の生まれですよね。しかも頭が良くて。実のお母さまもすぐに亡くして、もしかしたらこの先、下っていく人生が見えてしまったのかもしれない。生老病死について彼がごく若い頃、興味を抱いたのもわかるよね。きっとすごく考えたんじゃないかと思います。

内田　だからあんな果てしない旅に出ちゃったんでしょうね。

中野　こういうことを考える機会に私たちはあまり恵まれていないんですよね。ちょっと前の自分と今の自分を比べるのではなく、どうしても自分と誰かを比べて苦しんでしまう。他人が生まれた時点でプラス一〇〇だという状態を見て、あいつらは羨ましい、不公平だとか思って無差別殺人を起こしたり、マイナス一〇〇の人を見て、あんなヤツ生きている価値がないといってまた嗜虐《しぎゃく》的に差別したりしてしまう。そうじゃない、そこを比べるんじゃないぞ、自分が今、生きているというすごい実績を重ねる途上にあるということを幸せと思えと私は言いたい。

内田　他人と比べても何の意味もないということが、このグラフにきれいに表れている。

中野　でも、悲しいことに人間って比べることでしか価値を測れない。しかも、比較した相手が例えば十万円の宝くじに当たったとなると、なんでオレは当たらないんだと、十万円失ったような気がしてしまうというのも実験的にわかっているんですよ。

内田　そういえば、母がよく「忙中閑がいちばん幸せだ」って言っていたのね。ずっと忙しかったらつらいし、ずっと暇でもつらいし、忙しい中のふとしたのどかな時間というのが最高に幸せだと。

中野　希林さん、さすがだなあ。緩急の中のこの瞬間の幸せというのをご存じだったんですね。

内田　グラフはもちろん、Aさんタイプと B さんタイプの二種類ではなく、人それぞれのグラフが描かれるのであって、たとえマイナスから出発したとしても、あるいはグラフの谷底にあったとしても、あとは上がるのだからむしろ幸せだと考えたほうがいいのね。

中野　そこがキモなんですよね。今、不幸な人は、「もう私は上がっていくだけだ」と思ってほしいんです。幸せの絶対量なんてどうやっても測れない。われわれの脳は変化分・差分を検出するしかないんです。その、変化分を検出するという原理を知っていたほうが楽ですよ、ということを知ってほしい。

中野信子と本木雅弘は自己否定から始める

内田　中野さんもこの差を感じるときがある？

中野　あるある。あまりうまくいっていない時とか、先が見えずにこの先どうしよう、というとき、ああもうここからは上がっていくんだよね、と思って、独特の安堵《あんど》感をもったりする。

それから、私の場合は、私って本当に暗くて冷たい嫌な人間だわって感じたりするときに逆説的に、あ、ちょっといいかもと思うことがあってね。私は、性格としてネガティブなところを感じることのほうがリアリティがあって、ハッピーでイケイケドンドンというときよりも好きなのよね。

内田　あ、それ、うちのダンナさんと同じだ。

中野　お〜、本木さんもそういう人なんだね。

内田　そういう傾向がものすごく強い。心の中にはネガティブにものをとらえる性質を持っていて、それも嫌いではないのよね。

中野　むしろ自分のそこが好き。苦いコーヒーが好きみたいな感じ。つらい側面もあるけど、それがないとおいしくない。

内田　なるほど。それはある意味、ものすごくポジティブということかもしれませんね。だからこそ、ネガティブ、つまり下から始める。

中野　ああ、そうなのかもね。下がったところから上を見た、その景色が好きなんだと思う。うれしいな、このグラフからそこまで読み解いてもらえるなんて。

内田　夫がネガティブ過ぎて、私はそれに引っ張られるのね。私はわりと表面的なポジティブをいっぱい感じていたいんだけど。夫はまずは自己否定から始まる。中野さんは自己否定はしない？

中野　するする。すごいする。こんなんじゃダメだ、ぜんぜんダメだと思うことはしょっちゅうある。でも、それは也哉子さんの分析どおり、いったん下に下がるという戦略をとっているということなんでしょうね。

内田　では、夫のネガティブ思考は放っておけばいいかしら。

中野　そういうネガティブさが、すごくいい方向に出ている演技がたくさんあるじゃないですか。例えば映画『天空の蜂』もすごくよかったよね。二〇一五年の作品でしたね。自分はテクノロジーの子なので、原発をめぐるサスペンスということで興味があって観に行きました。配役も知らずに観に行ったけど、本木さんの演技はすごかった！　元アイドルとは思えん！　よくぞこんな凄みのある俳優に……、と興奮したのをよく覚えています。あれは哀しい役でしたよね。それから、同じ年に公開された『日本のいちばん長い日』も素晴らしかったですね。

内田　昭和天皇の役。それも観てくれたの？

中野　也哉子さんにお世辞を言うつもりはまったくなく、本当にそう思ったんだけれど、当時、この人は俳優としてすごい力を蓄えたんだなあと感動しながら観たんですよ。たぶん、そのネガティブなところがいい方向に働いているのだと思う。

内田　でも、生活を共にする者としては、私はあからさまに共感したいタイプだから。「このココアおいしいよね」「そうだね」って一気に盛り上がりたいのだけれど、夫は「でも、シナモンを入れたらもっとおいしいかもしれないのに」って言うタイプなのですよ。べつにそれでも良いのだけれど、ワンクッション入ることでちょっとリズムが崩れる。あまり人が「おいしい」を連発すると、「それってホントにそこまでおいしい？」っていう疑問が膨らんでしまうっていうんです。自分のペースでおいしさを感じたいって（笑）。

中野　ああ、そうだろうな。

内田　そこまで自分のエクスペクテーション（期待値）には達していないとかって言われちゃうと、そんなこと言ったら果てしないじゃない、いつまでたっても幸せって言えないよっていう気持ちに私はなってしまう。だから、そんな夫を少しは楽観的に変わらせようと誘導しているんだけど、なかなか変わらない。

幸せの頂点では不安しか感じない日本人

中野　しょうがないね（笑）。そういうタイプの人——私もそこまでストイックではないものの、傾向としてはそうなんだけど、ここのp点の状態がすごく不快なんです。

内田　幸せグラフの頂点なのに。そうか、今がピークかなと思ったら、いても立ってもいられなくなってしまうのね。

中野　テストやスポーツで一位なんかとったら不安でしょうがない。次は絶対落ちるだけだわと思うから。

内田　やっぱり中野さん、そういう思考は本木にそっくりです。賞をいただいたりしても、一秒たりとも「よかったね」にならないんだから。人に言われたら「ありがとうございます」と素直に言うけど、心の中では決して喜びに浸ってはいない。

中野　わかる。うれしくないんだよね。「これは一時的な評価だ」と思ってしまって。

内田　うわ〜、つらい。たまには褒めてあげようよ、自分のことを（笑）。

中野　そうだね。たまには褒めてあげる練習もしよう（笑）。でもやっぱり、「ああ、今ちょっとダメかな」という下り坂局面や谷底局面で、自分のここがダメなんだと気づくときがいいな。ここを直せば私は今までよりステップアップできるぞーっていう感じが好きで、いちばん幸せ。それが達成されてしまったときは、「もうこの旅はここで終わりか」みたいな寂寥《せきりょう》感を覚えるのが嫌なのです。今日、也哉子さんとのこの対談が終わるのが寂しいのと同じような気持ち。

内田　あ〜、それは私も寂しい。とにかく夫を見ているとつらそうでたまらないから、私は「一緒に楽しくなろうよ」と自分の方向に寄せようとするんだけれど、ちっとも寄らないので、もう〜、なんで？　と私のほうもフラストレーションを感じていたんですよね。でも、夫はそこからステップアップするからそれでいいのか。ということは、私のような「ああ、よかった」で満足して終わっちゃう人は、それ以上ステップアップしていかないということなのかな。

中野　そんなことはないから大丈夫だよ。人間の戦略は多様であることが大事だから、いろいろな人がいるほうがいいんです。頂点で「よかった」と思える人がいてこそ、「よくなかった」と思える人の価値があるのだし。ちなみに、私の夫も也哉子さんのように頂点で素直に「よかった」と、それしか思わないタイプです。

内田　そうだろうなと思いました（笑）。

中野　実は、日本人には珍しいタイプなんですよ。頂点で心配になるタイプが日本人的なんです。おみくじで大吉を引くと、ああ、もう運を使ってしまったとブルーになる。私はあまりにもつらいときは……。

内田　ダンナさんが引き寄せようと引っ張ってくれる？

中野　あ、ここにダンナさんのお腹があった、これをなでて安心しよう、みたいなことで心が少し落ち着く。

内田　お腹か（笑）。一生懸命引っ張ってくれようとはしないのね、ダンナさんは。

中野　しないしない。そういう人じゃない。グラフは二次元でしょ。うちのダンナさんはぜんぜん違う時空を生きているので、３Ｄでなければ表せないかもしれない。そこにいる気配があるからちょっと安心というところがあるの。

どうして僕を変えようとするの？

内田　グラフでは他人と比較することの無意味さがわかったけど、でも、比較がなければ自分の立ち位置もわからないよね。ずーっと矛盾ね。

中野　ずーっと矛盾で、むしろ矛盾しているほうがいいような気がするんですよね。矛盾しているほうが次が生まれて。終わることがない。終わることがないサイクルの一部分がライフなんだと思う。

内田　ポジティブな矛盾なのね。夫は私とは正反対で、私が自ら夫に引っ張られるだけで、夫自身は決して私をネガティブな自分のほうに引っ張ろうとはしないのですよ。中野さんはどう？

中野　結婚した当初、「どうして私みたいにしないの？」とたずねたことがある。

内田　面白い質問だ。

中野　「どうしてあなたは目標に向かって自分を持っていくというアプローチをしないの？」って。私は己《おのれ》をトレーニングしてもっと強くして高みを目指すことに価値があると信じ込んでいたんですよね。そうしないダンナさんを見て、「なんでこの人はそういうふうにしないんだろう。だからダメなのよ」みたいなことを思ってしまって、ちょっと口論になったの。あ、口論ではないな、私が一方的に言いまくったのね。そうしたら、「ここが花畑なら、どうしてそこで遊んでいてはいけないの。どうして僕を変えようとするの?」と言われてしまい、確かにそのとおりだと思った。
次々に他国を征服するアレキサンダー大王に、ある人が「その後であなたは何をするんですか」とたずねると、「そのときは休んで好きなことをしよう」と答えた。質問した人は、「では、なぜ今、休んで好きなことをしないんですか?」と再びたずねた、という有名な故事があるよね。

内田 おお、中野さんのダンナさんと同じことを。

中野 そうなんですよ。今、休んでいいんだ、花畑を楽しむ要素を生活に取り入れようと、確かに思った。でも、やっぱり目標に向かって何かやることの楽しみも知っているから、私はそれを完全にやめることはできないんですよね。

内田 では、頑張り過ぎたらちょっとその場を楽しむっていう、緩急をつけるといいのかな。

中野 そうね。私はこうして夫からすごく学んだわけです。恋愛と違って、こういう学ぶということができるのが結婚のよさなんだと思った。

内田 うちは、中野さんのダンナさんのように私が「もう十分じゃない? 今この幸せを楽しもうよ」と言っても、夫は「いや、そんなの押し付けないで」と言うわけ。

かわいくないでしょう。

中野　（笑）。うちのダンナさんも私に「どうして僕を変えようとするの？」と、それはまったく本木さんと同じことを言ったわけですよ。

親しい人にだけイラッとする

内田　では、お二人はケンカにエスカレートするということはないのね。

中野　私がいつもむきになってエスカレートさせようとするけど、彼が応じないからケンカにならない。それはすごいですよ。あれは人柄だな。ああいう人でなければ私の結婚は長続きしなかった。

　ダンナさんの家の人はみんな穏やかな人なの。特におじいさんによく似ていると思う。百二歳まで生きたおじいさん。のんびりした性格というのが長生きのためにはいいんだと思います。

内田　呼吸が速いと動物も早く死ぬといいますよ。百二歳までゆったり呼吸してね（笑）。正反対なのがうちの父ですね。たまにやって来て、九十秒以上の静寂はなかったと思う。いつもウワ～ッ、ウワ～ッと脳の回路がショートしていたもの（笑）。

中野　面白い！　あ、面白いって言っちゃいけない。私の父もイライラしているほうだったな。

内田　常にイラッとするというのは、脳科学的にはどういうことになるのでしょう。

中野　脳には矛盾とか、これは正しくないとかいうことを検出するアンテナのような場所があって、そのアンテナが過敏だということなんだと思います。

内田　それを鈍感にする方法はないのかしら。

中野　鈍感にするというのは難しいかもしれない。親しい人に対しては、その分、過敏さがより鋭さを増してしまうということもあるので、先ほど希林さんと裕也さんのお母様が苦労を分かち合ったというお話があったけれど（一七三～一七四ページ）、家族は本当に大変だと思います。私の父も、家族にはいろいろイライラするけれども、見ず知らずの人に対しては穏やかな人だった。

内田　そうなのよね。ちゃんと使い分けてはいるのよね。家族にはセンサーがむき出しの自分を見せているけど、他人にはとても穏やかというのは、社会性という視点でちゃんと俯瞰で見ているからスイッチできるのね。うちの父のように家の内でも外でもまったく変わらずウワ〜ッ、ウワ〜ッと言っていた人は、何かが外れちゃっているの？　やっぱりネジか？

中野　内と外という考え方があまりなかったのかもしれないね。誰とも内にはならないけど、みんなに平等なのかな。そういう意味では、みんなと距離が近いとも言えるし、みんなと距離が一定にあるとも言えるし。

内田　考えてみたら母もそういう人だった。相手によって変わるということがなかった。前回（第４章）、誰もがいろいろなペルソナを持っているというお話を聞いたけど、そうやって敢えて変えないというのも、また一つのペルソナだったのかな。

中野　そうかもしれない。なんか修行っぽい。

内田　修行っぽいね。だって、変えたほうが楽だもんね。

中野　希林さんには仏教の香りを感じるもの。普通の人は「変えない」と強く思っていないと変わっちゃうので、変えないことを自分に課した修行だったのかな。

内田　自分の中に、こういうふうに生きたいというものがあったんでしょうね。家族は迷惑だけど（笑）。

美、アピアランスに執念を持つ夫に

内田　本木が珍しく半年間にわたってＮＨＫの『プロフェッショナル 仕事の流儀』というドキュメンタリー番組の密着取材を受けたんですよ。『麒麟がくる』の撮影現場や東京の自宅、ロンドンの自宅にもカメラが入って、最後はカメラの前でバンジージャンプまでやってのけた。オンエアは二〇二〇年三月だったんですが、ディレクターやカメラマンに「こういうテイで撮りますか」と本人が提案しているところも全部放送されたのね。ご覧になった方たちからは、「素の姿を撮っているはずなのに、日常さえも虚構を演じているというのが浮き彫りになったドキュメンタリー」と言われたんです（笑）。とにかく、自分をこういうふうに見せたいとか、アピアランスをこうしておきたいとかいうことがとても強い人なのね。お芝居に関しても、全身全霊投入するんだけれども、それなのに見え方によって伝わらないということをたくさん経験しているからか、最終的には見え方というのにとてもこだわる部分もあって。それと美というのはちょっと違うんだけど。

中野　いや、一緒かもしれないよ。

内田　一緒なの？　これもまた葛藤なんだけど、私は逆に、いわゆる美、アピアランスというものに、あんまりエネルギーを注がない。そっちにエネルギーと時間を注いでいる夫を見ると、「もっと、楽になろうよ」とまた言いたくなる。でもきっと、苦しそうに見えているだけで、そういうことを自分のところで微調整している自分が好きなのよね。

中野　そうなんだろうなあ……。

「美しさ」と「正しさ」は脳の同じ領域で判断する

内田　で、演じることと美醜は関係あるの？

中野　うん。なぜ「伝える」という仕事をする人が美醜を気にするかというと、美醜によって相手の正しい、正しい、正しくないの判断に影響を与えてしまうことがあるからなんです。脳において、正しい、正しくないの認知の場所と美を認知する場所はほとんど一緒なんですよ。内側前頭前野というところでやっています。

内田　夫はそこをとても使っている人なのね。でも、同じ役者という職業をしていたうちの母は真逆で、まったく気にしていなかったなあ。まあ、何を美しいととらえるか、個人個人でまた違うけど。

中野　希林さんは、美しさの基準の置き方が常人と違うのではないかなあ。ビジュアルよりも振る舞いに基準を置かれていたのではないかな。ビジュアルの軽さに比べて、振る舞いの重さというところを大事にされていて、振る舞いが美しくしっかりしているとビジュアルの軽さが吹き飛んでしまう。その原理を使って、ご自身の存在感を演出するのがとてもうまい人だなと思って見ていました。そのインパクトに勝つことができる役者さんは、なかなかいなかったと思う。

内田　わが家ではいつも、本木に母が何かいろいろ言うと、本木は「いや、樹木さんはいいですよ」と返すのが口癖だった（笑）。「樹木さんはそのままでいいんですよ。でも、自分はこんな狭くて小さい人間なんだから、そういう中でもがいているんですよ」という話をしょっちゅうしていたなあ。

中野　本木さんはアイドル出身だから、外見でインパクトを出して大衆にアプローチするというビジネスモデルで当初は活動されていたと思うんですけど、俳優としてやっていくとなると、年齢を重ねていくとともに、そのビジネスモデルを途中で捨てなければいけないタイミングがあったわけでしょう。いわばその究極のかたちが樹木希林という人であって、既に家族の中に究極が存在していたのだから、それはすごい葛藤があったと思います。

確かに俳優としてのきれいめの見た目というのも、年齢を重ねていってどこまでの割合できれいを配分していくかみたいなところも、試行錯誤が相当必要だと思う。役によっても変えているでしょうし。きれい過ぎると軽くなるというのをよく計算して、でも、その計算をどういう落としどころに持っていくべきなのかは、ちょっとまだ迷いがあるというところなんでしょうか。

内田　だから時間がかかっちゃうのね。考えれば考えるほど、年を重ねれば重ねるほど、軽くなっていくならいいんだけど、重くなっていってる気がしないでもない。

中野　年齢って確かに難しいよね。もともとが整った容姿の人ってすごく大変だと思う。女優さんでも年齢を重ねれば重ねるほど平板になってきて、魅力があるかというと、どうかなと思う場合もある。美人であるが故にすごく損している人もいるよね。

内田　ものすごい美人だけど、何とも言えない魅力が役者としてあるという女優さんはいる？

中野　たくさんいるよね。私は木村佳乃さんが好きだな。美人だけど、表情に凄みがあって、迫力がある演技をする方だよね。映画『おろち』がよかった。デビューした頃のアンジェリーナ・ジョリーも鬼気迫る感じで、怖くて、大好き。

内田　美と怖さ？

中野　そうね、美とインテンシティ（強さ、激しさ）かな。

内田　なるほど、インテンシティはむしろ美のほうが出しやすいかもしれないね。

中野　伊勢谷友介さんはそれができる人だと思うの。それが見られなくなるのは残念ですね……。

内田　私のように美にこだわらない人は、内側前頭前野というところをあまり使ってないのかしら。

中野　やっぱり基準を別のところに置いているんじゃない？　リラックスすることがいいことだと思っているという、振る舞いに重点を置いている基準なんだと思う。それに時々抵触してしまう、あまりにもストイックな夫を見て、ちょっと違うんじゃない？　と思ってしまうのかもしれないし。まあ、それは自分と違う戦略なだけだから、あなたはそういう戦略なのねと受け流すのもいいのかもしれない。

内田　どうしてももめたくなっちゃうの、私。親から受け継いだＤＮＡのせいにしてはいけないのかもしれないけど、絡みたくなってしまう（笑）。

中野　それもコミュニケーションだもんね……。

内田　母はそうやって葛藤する本木を見て、「美というのは才能なのよ。私は逆立ちしたってあなたのようになれないんだから」と言い聞かせていた。もっとも、本人はあまり美と思っていないし、私ももう見慣れちゃっているからそんなに美と思わないけど。

中野　いえいえ、美だと思いますよ！

内田　母は「そのあなたにしか持ち得ないニュアンスというものを大事にしてやっていけばいいんだ」って言っていたなあ。母自身は、「早めに自分がブスだって気が付いたことが、とても自分の人生に役立った」と何かに書いていた。

中野　持っているものを変えようという発想ではないんですよね。すごく東洋的だなと思った。西洋的なものに侵されているわれわれは、自分を変えようとか、メイクでだめなところをつぶしてしまおうとか思うでしょ。そういうのがないのね。

樹木希林が美人女優に必ず聞いたこと

内田　でも、人が整形したとか、かつらをかぶっているとかいうことは心底面白がったのね。それはなぜかというと、本来の自分を隠そうとする人間の恥じらいの心理にとても触発されるんだと思うんですよ。きれいな人ほど直そうとするとか、そういう人の心理を面白がる悪い癖があったの。女優さんに会うと必ず開口いちばん、聞くのよ。「あなた、本当に直してないの？　きれい過ぎない？」って。「はい、整形してます」と答える人にはまったく興味がないの。

中野　「あなた、マネージャーとデキてるでしょ」みたいなことは？

内田　大好物でしたよ。

中野　隠しておきたいものに目がいくのね。

内田　どうやって隠すのかというところに、また面白さを感じるのね。それをまた演技に生かしたんでしょう。「人ってこういうときにこういうリアクションをするのね」とよく観察していたもの。

さて、中野さん、五回にわたって毎回長時間の対談をありがとうございました。いつも教えられることばかりなんですが、私は今日、微分にすごく救われたというか、目からうろことというか、夫の見方が変わりました。ただネガティブなだけかと思っていたのですが、逆にものすごくポジティブな人なんだということがわかりました。

中野　こちらこそありがとうございました。也哉子さんは「今ある楽しい環境をちゃんと楽しもうよ」というマインドセットを持っていて、つくづくそれは尊重すべき利点だと思いました。也哉子さんとうちの夫、本木さんと私が似たタイプだとわかって、面白かったですね。

内田　幸せのグラフは中野さんが考えたんでしょう？

中野　そうです。これ、アートにしようかしら。

内田　そうだ、中野さんは現役の藝大生ですものね。では作品タイトルをつけたいですね。What is Happiness?

中野　いいね！　このグラフは人を選ばないんです。誰もが、自分だけの、オリジナルのグラフがあるので、みなさん、自分が描くグラフから幸せを検出して生き抜いていきましょう。

おわりに　脳科学から見た家族

中野信子

家族は、「婚姻関係にある夫婦を中心とした血縁を持つ人々の集まり」と定義されます。

けれども、単に血縁の人が集まっている、というだけでは済まない、やっかいな何かを、家族という機構は同時に持ち合わせています。

それは、血縁があることを根拠として、家族外の人とは明白に異なる「情緒的なつながり」を内外から期待されてしまう、という重さでしょう。ただ、法的に定められた婚姻関係にある、あるいは、他の人よりも、少しだけ多く同じ遺伝子を共有している、というだけで。

樹木希林さんが出演された映画『万引き家族』は、この情緒的なつながりの方に焦点を当て、「家族とは何ぞや」ということを問いなおすものでした。この映画は第七十一回カンヌ国際映画祭（二〇一八年）で、最高賞であるパルム・ドールを、日本映画としては実に二十年以上ぶりに獲得した作品でした。希林さんの最晩年を飾るにふさわしいテーマ性と、深い輝きを持った映画であったと思います。

家族という機構はたしかに、ごく客観的に、機能面からだけで見ても、実に多くの役割を持っています。性、生殖、扶養、経済的生産、保護、教育、宗教、娯楽、社会的地位の付与等……。けれど裏を返してみれば、こういった機能は社会の変化に沿って、大きく変容し続けていくものである、ということも言えるのです。家族のあり方というのは、一意に定まるようなものではなく、歴史的、民俗学的に見れば多彩な様式が存在しました。

前段に列挙した社会的な機能を十全に果たしていれば、家族というのは決して現在の私たちが刷り込まれているようなステレオタイプなものである必要はないはずです。私たちは、一夫一婦制の性的パートナーがいて、子どもがいてというのを基本形だと思ってしまいがちですが、そんな形態の家族が古今東西、階層を問わず本当にスタンダードであったのかというと、そうでもない。家族の形が一意に決まっていないというのが人間という種の強みでもあったでしょう。環境に適応するために多様な子育てのシステムを取り得るということ、その柔軟性そのものが私たちにとっての生存戦略的な武器であったといえるでしょう。

ただ、私たちの認知では、社会的に発されるメッセージによる刷り込みが強いために、私たち人類が本質的に持っていたはずの戦略の多様性がすっかり忘れ去られてしまっています。現在、スタンダードだとされているような形が、唯一無二の正しい家族の形であると思い込まされてしまっている。

この刷り込みによって、自分の家族はその形から外れているのではないか、これでは自分の家は機能不全なのではないか、などと、思い悩まされたりもしてしまいます。その形を維持すべきであるという内外からの圧力を強く感じてしまうあまりに、本来大切にすべきものであるはずの、家族ひとりひとりの気持ちを、犠牲にしてしまうということも起きてしまうのでしょう。

也哉子さんはごく幼い頃から「家族ってこれでいいのか」と胸を痛めていた、と話されました。滅多に顔も合わせない「不思議」な夫婦のひとり娘として、それじゃあ「普通」の家族とは何なのかと、何度も問いを立ててこられたのではないでしょうか。

私は私で、なぜ結婚したのかと問いたくなるような、客観的に見て楽しい会話も互いに一緒にいるメリットもない、関係性の非常に悪い両親のもとで育ちました。家族による扶養や保護の機能は享受しながらも、情緒的な側面はいびつな環境で、家族とは何かということをずっと考え続けた幼年時代を送ったのです。

也哉子さんも私も、形は違うけれども、家族という形のあり方を深く考えざるを得ない時代を長く過ごしたと思います。そしてその沈黙の軋《きし》みの中に、共感し合える部分があったように思います。

この軋みは、也哉子さんとの話の中で洗い出されてきたものではあったけれども、もっと普遍的なものなのかもしれません。家族であるということに苦しみ、この形を理不尽なものと心ひそかに考えていて、その軋みに耐えられず、声を上げたいと思っている人が、潜在的にはたくさんいるのではないでしょうか。家族の問題であったり、親子関係の悩みであったりが、ドラマでしばしば人気を博したりするのも、そういう事情があると考えればよく説明がつきます。

ただ一緒にいるだけじゃダメなのか？

今、私たちがスタンダードであると考えている家族の形は、所与のものというよりは、ここ百五十年くらいで一般化してきたあり方です。男性が戸籍の主として、いわゆる「一家の大黒柱」として収入を得て、その収入によって家族が運営され、妻は家内の切り盛りをし、分業的に子を養育していくという形です。

その形をとると次世代を残すために効率的な分業が可能になるのと同時に、社会的にはもう一つのメリットもありました。何が便利だったかというと、会社組織ないしはコミュニティが、男性を働かせ続けるために妻子をいわば人質にとることができるわけです。人質というのは聞こえが悪いかもしれませんが、扶養家族を持っていることで、男は簡単に離職することができなくなるわけです。そこに、女が働くことはあまりよしとされないという通念も主として経営側の論理として生まれてきます。組織体にとって、婚姻関係によって妻子を持たせるというシステムは、労働力の確保という点では極めて理にかなった構造であったのです。

家族の話からはやや外れるかもしれませんが、性の多様性についても、かなり日本は寛容でありました。白洲正子さんの『両性具有の美』（新潮文庫）を引き合いに出すまでもなく、衆道は非常に盛んでありましたし、寺院でも稚児《ちご》灌頂《かんじょう》が行われていたり、陰間《かげま》茶屋《ぢゃや》というものがあったり、そういう契《ちぎ》りのあり方、関係性のあり方が、おおらかに認容されてきた歴史がありました。日本の性的パートナーのあり方というのは、家族の枠を超えて非常に多様性にあふれたものであったのです。

そのように時間軸を広げて考えると、私たちがいかに、今の常識とされている根拠の希薄な社会通念に縛られていることかと、慄《おのの》くような気持ちにもなるのです。とは言え、もうすこし冷静になってみると、そこに縛られている必要も本当はあまりないのだということもよくわかる。さほど合理的な根拠のない何ものかによる束縛を、我々は蹉跌《さてつ》と感じていたんだなということに気づく。

といって、也哉子さんも私も、今の社会通念に抗《あらが》って世間の糾弾《きゅうだん》の矢を浴びようとも思っていない。生硬なやり方で自分の考えを表明するには、私たちは十分、年齢を重ねてきてしまってもいる。

家族を続ける合理的な理由がもし一つあるとしたら、こうした経験的な知恵に従って、というところが実は大きいのではないでしょうか。はっきり書くのはやや憚《はばか》られますし、多くの反論をいただくかもしれません。けれども現実的にみれば、それは大きな理由になり得るものでしょう。

もちろん、一緒にいて楽しい人と結ばれたいというのは大原則です。けれど、一緒にいるだけなのであれば、結婚という法的な根拠は特になくてもいいわけです。しかし、結婚という形態をとったほうが、社会を構成する多くの人を納得させることができ、その人にとって心地よい安定的な状態を現出させることができる。だから、それを選択しているということになるのでしょう。

メディアで発言している人がそんなふうに結婚のことを言うものではありませんとお叱りを受けるかもしれません。ですが、自分の家族の形が「普通」とは違う、ということで、苦しい思いをしている人が、もしかしたら、この文章を読んでいるかもしれない。そうしたら、中野のように考える人もいるんだと、すこしでも、元気になってもらえるかもしれない。もしそういう方がいらしたら、こんなにうれしいことはありません。

あなたのやっていることは別に間違いでもなければ、おかしいことでもない。ちょっとだけ、ほかの人よりは、数は少ないかもしれない。でも、ただそれだけのことなんです。

也哉子さんが、まさに、「これでいいんでしょうか」と、初めて出会った頃に繰り返し私に思いを吐露してこられました。内田裕也さんと樹木希林さんという個性的なご両親の、個性的な結婚生活。それは、二十世紀〜二十一世紀初頭の日本ではイレギュラーな形のご家庭だったかと思いますけれど、すなわち、数はそう多くはないと思いますけれど、全くおかしなことでもなく、間違いでもない。ただただ、そういう家もある、ということに尽きると思います。

お父さんが帰って来ない、お母さんの要求水準が高くて厳格な教育を受けている、家の名前があるために背負うものが大きい、等々、いろいろな思いをされている人がいます。確かに也哉子さんの育った環境は、家族の抱える軋みを凝縮したようなところがあったかもしれません。でも裏を返せば、モデルケースとして、苦しんでいる皆さんの共感を得られる要素の詰まった環境であったともいえるのではないでしょうか。

第1章のトークイベントで、アホウドリの話をしました。アホウドリは三分の一はメス同士で子育てをするという種で、別に男と女で育てなくてもいいよねという選択を自然にしています。彼らの生態は、子育てと生殖行動を別に考えるというヒントになるでしょう。子育てと生殖行動を分けて考えることで、人の生活環境についても、もっといろいろな難しさが解消されるかもしれない。今の一夫一婦型の家族で、経済的に潤沢なリソースがあるとはいえず、祖父母の支援も得られにくいという環境では、明らかに圧倒的に母親に負担がかかり過ぎ、子を産み育てる条件としては理想的とはいいにくい。人口を増やすのにはあまり効率的ではない、ということは、気の利いた人なら小学生でもわかることです。

二〇四〇年、日本人の半分が結婚を選択しなくなる

それはコロナ禍でいっそう明らかになりました。少子化が加速しているような様相ですが、これは、現在のスタイルがあまり効率のいい仕組みではないからでしょう。日本の仕組みよりはフランスの仕組みのほうが出生率が高いので、成功している仕組みだということになるでしょう。別に日本人よりフランス人が優れているとか、そういうことではなく、シンプルに子を産み育てる仕組みとして成功しているということです。彼らが採用している方法は、法的な結婚という枠組みをかなり緩めた形で、実際、六〇％近くの子どもたちが現在、婚外子だといいます。そうした中で、例えば子どもがお父さんの新しい奥さんと仲良くしたり、「二人のお父さんたちがいて、その二人は結婚してなくて、でも私はその子どもです」とか、「この男の人はママの彼氏です」とか、そういう関係性の人が普通に子ども向けの絵本に紹介されていたりする

のです。

婚姻関係にこだわらないほうが、子どもが増えているという現状を皆さんはどう思われるでしょうか。しばしば、両親が結婚していないと子どもがかわいそうだと言う声が聞こえることがありますが、むしろ逆なのではないか？

かわいそうだと言う人たちは、これまでに自分が刷り込まれてきたものだけが正しいと、もしかしたら信じている人なのかもしれません。それはそれでも別にいいと思います。

けれど、自分たちこそがその正義を盾に、子どもを追い詰めてしまっているのではないか。その可能性にも、自覚的になってはいただけまいか、とも思うのです。正義の顔をしてさえいれば、子どもを追い詰めてもいいのか。そうではないでしょう。人にはそれぞれに、人の数だけ正義があり、その人の周りには、それで成立している何かがあるものだからです。基本的には、健全に子どもを育んでいく社会が実現されるためには、それを各人が尊重していくべきではないでしょうか。

二〇四〇年には、ほぼ半数の人が結婚を選択しなくなる、という試算があります。日本で、です。もう、家族どころか、結婚すら選ばないわけですから、これまでの家族の形についての社会通念は、今後、急速に変化していく可能性が高いでしょう。

むしろ、家族のあり方は多様であるべきだ、などと言っている時点で、実際かなり古臭いのかもしれません。すでに、日本でも離婚率は三割を超えています。家族のあり方は多様だという現実がもうあるのです。そのことを、社会は認めるべきでしょう。

本書の第5章では、私たちが社会通念から外れた家庭に育ちながら、それでも結婚という形を選び、家庭を持ったその経緯について、そしてイエ制度というものについて語り合いました。もちろん、私自身も社会の中に存在している人間である以上、そこにある通念を完全に無視して生きることは難しい。というか、それに抗うのは面倒です。その理由も、婚姻を選ぶことの動機として、なかったわけではありません。也哉子さんは、どうだったでしょうか。

でも、すくなくとも、社会的な圧や、通念や、客観的にみた家族の機能などというものとはどこか次元の違うところにある、この人とつながっていたいなあ、というひとすじの絆を、確かなものにしたくて、私たちはそれぞれのパートナーを選んだのではないか。

これは、形とは関係のないものだと、勢いあまって言いそうになってしまうものではあるけれど、こういう思慕の気持ちのうつろいやすさも、一方で私たちはどこか醒《さ》めた部分を保ちながら、わかっている。

そのうえで、それでもなお、いつでもその絆に立ち返るために、私たちはわざわざ結婚という形を本能的に選んだのだろうと、私自身ももう結婚してずいぶん長く経つのですけれども、思うのです。

初出

プロローグ
『週刊文春WOMAN』vol.4　創刊1周年記念号「夫の遺品から見つかった妻からの誕生日ファックス」

第1章
『文春オンライン』2020年2月2日公開
「樹木希林の結婚生活は意外にノーマル？　内田也哉子×中野信子対談＃1」
「樹木希林の子育てはすごかった　内田也哉子×中野信子対談＃2」
「本木雅弘と内田裕也は何が違うのか　内田也哉子×中野信子対談＃3」

第2章
『週刊文春WOMAN』vol.5　2020春号「毒親、不倫。そして私たちの結婚」

番外編
『週刊文春WOMAN』vol.5　2020春号「あなたのお悩み脳が解決できるかも？　中野信子の人生相談」

第3章
『週刊文春WOMAN』vol.6　2020夏号「出産、子育ては女が担うものなの？」

初出

第４章
『週刊文春ＷＯＭＡＮ』vol.7　２０２０秋号「女をやめたくなったことある？」

※初出時の原稿に一部加筆しています。
※第５章、第６章は本書のための語り下ろし、「はじめに」（内田也哉子）、「おわりに」（中野信子）は書き下ろしです。

取材・構成　小峰敦子
絵　Gento Uchida

内田也哉子（うちだ・ややこ）

一九七六年東京都生まれ。樹木希林、内田裕也の一人娘として生まれ、十九歳で本木雅弘と結婚する。エッセイ、翻訳、作詞、ナレーションのほか音楽ユニットsighboatでも活動。著書に『会見記』、『ＢＲＯＯＣＨ』（ともにリトルモア）、樹木希林との共著『９月１日　母からのバトン』、翻訳絵本に『ピン！　あなたの　こころの　つたえかた』（ともにポプラ社）、『こぐまとブランケット　愛されたおもちゃのものがたり』（早川書房）などがある。

中野信子（なかの・のぶこ）

一九七五年東京都生まれ。脳科学者。東日本国際大学特任教授。京都芸術大学客員教授。東京大学大学院医学系研究科脳神経医学専攻博士課程修了。医学博士。二〇〇八年から一〇年まで、フランス国立研究所ニューロスピン（高磁場ＭＲＩ研究センター）に勤務。著書に『サイコパス』、『不倫』、ヤマザキマリとの共著『パンデミックの文明論』（すべて文春新書）、『ペルソナ』、熊澤弘との共著『脳から見るミュージアム』（ともに講談社現代新書）などがある。

文春新書

1303

なんで家《か》族《ぞく》を続《つづ》けるの？

2021年3月20日　第1刷発行
2021年6月10日　第4刷発行

著　者　内田　也哉子
　　　　中野　信　子

発行者　大松芳男

発行所　株式会社　文藝春秋

〒102-8008　東京都千代田区紀尾井町3-23
電話（03）3265-1211（代表）

印刷所　大日本印刷
製本所　大口製本

定価はカバーに表示してあります。
万一、落丁・乱丁の場合は小社製作部宛お送り下さい。
送料小社負担でお取替え致します。

ISBN978-4-16-661303-8

◆日本の歴史

渋沢家三代　佐野眞一
古墳とヤマト政権　白石太一郎
昭和史の論点　坂本多加雄・秦 郁彦・半藤一利・保阪正康
謎の大王 継体天皇　水谷千秋
謎の豪族 蘇我氏　水谷千秋
謎の渡来人 秦氏　水谷千秋
継体天皇と朝鮮半島の謎　水谷千秋
大名の日本地図　中嶋繁雄
決定版 日本の剣豪　中嶋繁雄
あの戦争になぜ負けたのか　半藤一利・保阪正康・中西輝政・戸髙一成・福田和也・加藤陽子
日本のいちばん長い夏　半藤一利編
昭和陸海軍の失敗　半藤一利・秦 郁彦・平間洋一・保阪正康・黒野 耐・戸髙一成・戸部良一・福田和也
昭和の名将と愚将　半藤一利・保阪正康
徹底検証 日清・日露戦争　半藤一利・秦 郁彦・原 剛・松本健一・戸髙一成
日本型リーダーはなぜ失敗するのか　半藤一利
「昭和天皇実録」の謎を解く　半藤一利・保阪正康・御厨 貴・磯田道史

大人のための昭和史入門　半藤一利・船橋洋一・出口治明・水野和夫・佐藤 優・保阪正康他
21世紀の戦争論　半藤一利・佐藤 優
なぜ必敗の戦争を始めたのか　半藤一利
十七歳の硫黄島　秋草鶴次
山県有朋　伊藤之雄
指揮官の決断　早坂 隆
永田鉄山 昭和陸軍「運命の男」　早坂 隆
ペリリュー玉砕　早坂 隆
硫黄島 栗林中将の最期　梯久美子
日本人の誇り　藤原正彦
天皇陵の謎　矢澤高太郎
児玉誉士夫 巨魁の昭和史　有馬哲夫
伊勢神宮と天皇の謎　武澤秀一
藤原道長の権力と欲望　倉本一宏
江戸の貧民　塩見鮮一郎
戦後の貧民　塩見鮮一郎
日本軍はなぜ満洲大油田を発見できなかったのか　岩瀬 昇
予言者 梅棹忠夫　東谷 暁

火山で読み解く古事記の謎　蒲池明弘
邪馬台国は「朱の王国」だった　蒲池明弘
「馬」が動かした日本史　蒲池明弘
文部省の研究　辻田真佐憲
古関裕而の昭和史　辻田真佐憲
写真で見る日めくり日米開戦・終戦　共同通信編集委員室
暴かれた伊達政宗「幕府転覆計画」　大泉光一
大日本史　山内昌之・佐藤 優
日本史のツボ　本郷和人
承久の乱　本郷和人
権力の日本史　本郷和人
元号　所 功・久禮旦雄・吉野健一
歴史の余白　浅見雅男
明治天皇はシャンパンがお好き　浅見雅男
皇位継承　高橋 紘・所 功
江戸のいちばん長い日　安藤優一郎
江戸の不動産　安藤優一郎
西郷隆盛と西南戦争を歩く　正亀賢司

姫君たちの明治維新　岩尾光代

日本史の新常識　文藝春秋編

日本プラモデル六〇年史　小林　昇

仏教抹殺　鵜飼秀徳

昭和天皇 最後の侍従日記　小林　忍＋共同通信取材班

令和を生きるための昭和史入門　保阪正康

内閣調査室秘録　志垣民郎　岸　俊光編

木戸幸一　川田　稔

「京都」の誕生　桃崎有一郎

皇国史観　片山杜秀

昭和史がわかるブックガイド　文春新書編

遊王　徳川家斉　岡崎守恭

東條英機　一ノ瀬俊也

信長　空白の百三十日　木下昌輝

感染症の日本史　磯田道史

平安朝の事件簿　繁田信一

◆文学・ことば

翻訳夜話　村上春樹　柴田元幸

翻訳夜話2 サリンジャー戦記　村上春樹　柴田元幸

漢字と日本人　高島俊男

語源でわかった！英単語記憶術　山並陞一

すごい言葉　晴山陽一

危うし！小学校英語　鳥飼玖美子

外交官の「うな重方式」英語勉強法　多賀敏行

名文どろぼう　竹内政明

「編集手帳」の文章術　竹内政明

ビブリオバトル　谷口忠大

新・百人一首　岡井隆・馬場あき子　永田和宏・穂村弘選

劇団四季メソッド「美しい日本語の話し方」　浅利慶太

芥川賞の謎を解く　鵜飼哲夫

司馬遼太郎に日本人を学ぶ　森　史朗

週刊誌記者　近松門左衛門　鳥越文蔵監修　小野幸恵

昭和のことば　鴨下信一

ビジネスエリートの新論語　司馬遼太郎

オッペケペー節と明治　永嶺重敏

世界はジョークで出来ている　早坂　隆

一切なりゆき　樹木希林

天才の思考　鈴木敏夫

いま、幸せかい？　滝口悠生選

英語で味わう万葉集　ピーター・J・マクミラン

歎異抄　救いのことば　釈　徹宗

（2020. 12）A　品切の節はご容赦下さい

◆経済と企業

金融工学、こんなに面白い　野口悠紀雄
リープフロッグ　野口悠紀雄
臆病者のための株入門　橘　玲
臆病者のための億万長者入門　橘　玲
熱湯経営　樋口武男
先の先を読め　樋口武男
就活って何だ　森　健
資産フライト　山田　順
ビジネスパーソンのための契約の教科書　福井健策
ビジネスパーソンのための企業法務の教科書　西村あさひ法律事務所編
ブラック企業　今野晴貴
ブラック企業2　今野晴貴
税金　常識のウソ　神野直彦
売る力　鈴木敏文
日本型モノづくりの敗北　湯之上隆
詐欺の帝王　溝口　敦

さらば！　サラリーマン　溝口　敦
トヨタ生産方式の逆襲　鈴村尚久
グローバリズムが世界を滅ぼす　エマニュエル・トッド　ハジュン・チャン　柴山桂太・中野剛志・藤井聡・堀茂樹
税金を払わない巨大企業　富岡幸雄
消費税が国を滅ぼす　富岡幸雄
あなたの隣のモンスター社員　石川弘子
新自由主義の自滅　菊池英博
安売り王一代　安田隆夫
働く女子の運命　濱口桂一郎
人工知能と経済の未来　井上智洋
「公益」資本主義　原　丈人
お祈りメール来た、日本死ね　海老原嗣生
2040年全ビジネスモデル消滅　牧野知弘
生き返るマンション、死ぬマンション　荻原博子
最強の相続　荻原博子
ルポ　税金地獄　朝日新聞経済部
日本株式会社の顧問弁護士　児玉　博
自動車会社が消える日　井上久男

日産vs.ゴーン　井上久男
新貿易立国論　大泉啓一郎
世界史を変えた詐欺師たち　東谷　暁
日銀バブルが日本を蝕む　藤田知也
AIが変えるお金の未来　坂井隆之・宮川裕章＋毎日新聞フィンテック取材班
なぜ日本の会社は生産性が低いのか？　熊野英生
会社員が消える　大内伸哉
キャッシュレス国家　西村友作
農業新時代　川内イオ
総会屋とバブル　尾島正洋
吉本興業の約束　大﨑　洋　坪田信貴

◆世界の国と歴史

ローマ人への20の質問　塩野七生
歴史とはなにか　岡田英弘
常識の世界地図　21世紀研究会編
食の世界地図　21世紀研究会編
新・民族の世界地図　21世紀研究会編
カラー新版 地名の世界地図　21世紀研究会編
フランス7つの謎　小田中直樹
一杯の紅茶の世界史　磯淵 猛
新約聖書Ⅰ　新共同訳 佐藤 優解説
新約聖書Ⅱ　新共同訳 佐藤 優解説
佐藤優の集中講義 民族問題　佐藤 優
池上彰の宗教がわかれば世界が見える　池上 彰
池上彰の「ニュース、そこからですか!?」　池上 彰
新・戦争論　池上 彰 佐藤 優
大世界史　池上 彰 佐藤 優
新・リーダー論　池上 彰 佐藤 優

第一次世界大戦はなぜ始まったのか　別宮暖朗
イスラーム国の衝撃　池内 恵
「ドイツ帝国」が世界を破滅させる　エマニュエル・トッド 堀 茂樹訳
シャルリとは誰か?　エマニュエル・トッド 堀 茂樹訳
問題は英国ではない、EUなのだ　エマニュエル・トッド 堀 茂樹訳
中国4・0　エドワード・ルトワック 奥山真司訳
戦争にチャンスを与えよ　エドワード・ルトワック 奥山真司訳
日本4・0　エドワード・ルトワック 奥山真司訳
21世紀 地政学入門　船橋洋一
地経学とは何か　船橋洋一
熱狂する「神の国」アメリカ　松本佐保
ドナルド・トランプ　佐藤伸行
大学入試問題で読み解く「超」世界史・日本史　片山杜秀
ベートーヴェンを聴けば世界史がわかる　片山杜秀
戦争を始めるのは誰か　渡辺惣樹
第二次世界大戦 アメリカの敗北　渡辺惣樹
米中激突　陳 破空 山田智美訳
知立国家 イスラエル　米山伸郎

1918年最強ドイツ軍はなぜ敗れたのか　飯倉 章
人に話したくなる世界史　玉木俊明
トランプ ロシアゲートの虚実　小川 聡 東 秀敏
世界史の新常識　文藝春秋編
ヘンリー王子とメーガン妃　亀甲博行
コロナ後の世界　ジャレド・ダイアモンド ポール・クルーグマン リンダ・グラットン マックス・テグマーク スティーブン・ピンカー スコット・ギャロウェイ 大野和基編
パンデミックの文明論　ヤマザキマリ 中野信子
盗まれたエジプト文明　篠田航一
歴史を活かす力　出口治明

◆考えるヒント

◆教える・育てる

幼児教育と脳　澤口俊之

語源でわかった！英単語記憶術　山並陞一

外交官の「うな重方式」英語勉強法　多賀敏行

女子御三家 桜蔭・女子学院・雙葉の秘密　矢野耕平

男子御三家 麻布・開成・武蔵の真実　矢野耕平

僕たちが何者でもなかった頃の話をしよう　山中伸弥・羽生善治・是枝裕和 山極壽一・永田和宏

続・僕たちが何者でもなかった頃の話をしよう　池田理代子・平田オリザ 彬子女王・大隅良典・永田和宏

◆サイエンス

世界がわかる理系の名著　鎌田浩毅

「大発見」の思考法　山中伸弥 益川敏英

粘菌 偉大なる単細胞が人類を救う　中垣俊之

ねこの秘密　山根明弘

ティラノサウルスはすごい　小林快次監修 土屋 健

アンドロイドは人間になれるか　石黒 浩

マインド・コントロール　岡田尊司

サイコパス　中野信子

植物はなぜ薬を作るのか　斉藤和季

超能力微生物　小泉武夫

秋田犬　宮沢輝夫

フレディ・マーキュリーの恋　竹内久美子

猫脳がわかる！　今泉忠明

ウイルスVS人類　瀬名秀明・押谷 仁 五箇公一・岡部信彦・河岡義裕 大曲貴夫・NHK取材班

文春新書

◆こころと健康・医学

愛と癒しのコミュニオン　鈴木秀子
心の対話者　鈴木秀子
人と接するのがつらい　根本橘夫
依存症　信田さよ子
100歳までボケない101の方法　白澤卓二
がん放置療法のすすめ　近藤　誠
がん治療で殺されない七つの秘訣　近藤　誠
これでもがん治療を続けますか　近藤　誠
健康診断は受けてはいけない　近藤　誠
卵子老化の真実　河合　蘭
ヤル気が出る！　最強の男性医療　堀江重郎
糖尿病で死ぬ人、生きる人　牧田善二
サイコパス　中野信子
不倫　中野信子
さよなら、ストレス　辻　秀一
食べる力　塩田芳享

発達障害　岩波　明
天才と発達障害　岩波　明
帰宅恐怖症　小林美智子
がんはもう痛くない　内富庸介編
看る力　阿川佐和子　大塚宣夫
中高年に効く！　メンタル防衛術　夏目　誠
健康長寿は靴で決まる　かじやますみこ
ヒトは120歳まで生きられるのか　田原総一朗
40歳からの健康年表　荒井秀典編
脳寿命を延ばす　認知症にならない18の方法　新井平伊